双葉文庫

おれは一万石

千野隆司

目次

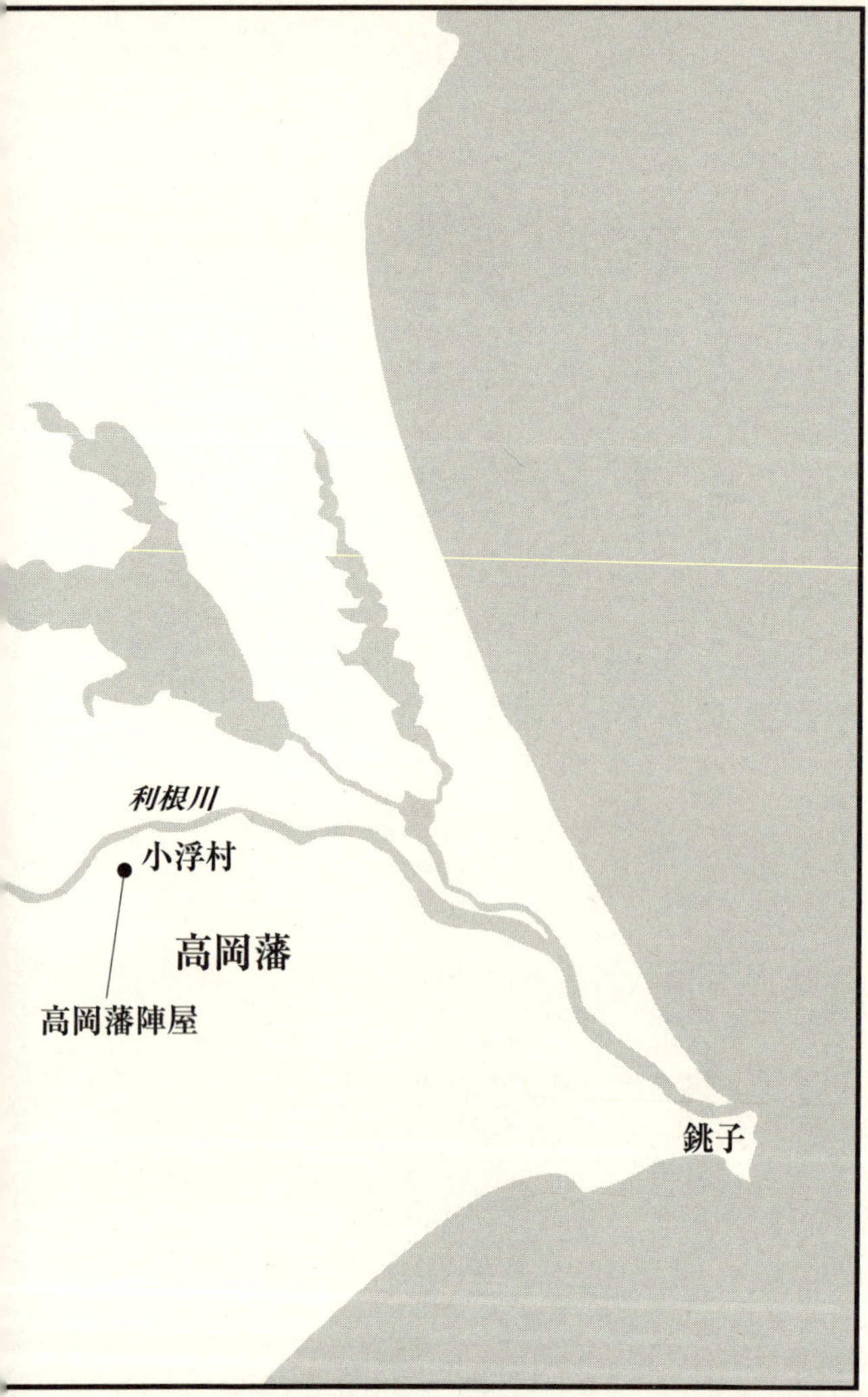
利根川
小浮村
高岡藩
高岡藩陣屋
銚子

↑白沢・柳林・阿久津河岸へ
久保田河岸
▲筑波山
下妻藩
小貝川
関宿
鬼怒川
春日部
牛久
野田
取手
流山
柏
三郷
木颪
川口
松戸
白井
江戸川
鎌ヶ谷
隅田川
江戸城
行徳
日本橋行徳
新川
小名木川

おれは一万石

前章　上覧試合

今年の夏は、暑さを感じる日がほとんどなかった。雨も多かった。六月も下旬になると、肌寒い日まであった。

「とんでもねえ天候だぜ」

「まったくだ。いってえこれから、どうなるんだ」

厚い雲に覆われた空を見上げて、人々は呻《うめ》き声を上げた。東北では飢饉《ききん》が始まっている。江戸の米価も、高止まりのままだ。

からっと晴れる日など、何日もなかった。一度降り出した雨は、なかなか止まない。その長雨で、大川《おおかわ》の水嵩《みずかさ》も増していた。

ただ七月になって、ようやく、眩しい日が顔を見せるようになった。とはいっても、残暑などはない。お城の櫓《やぐら》に、秋めいた午後の日差しが降り注ぐばかりだ。

天明《てんめい》六年（一七八六）七月三日、愛用の木刀を携えた竹腰正紀《たけのこしまさのり》は、供をしてきた植村仁助《うえむらにすけ》や中間《ちゅうげん》と下馬所《げばしょ》で別れた。江戸城内には、従者は入れない。

「ご武運をお祈りいたします」

「うむ」

植村の言葉を背にして、正紀は単身橋を渡り聳《そび》え立つ城門を潜った。

今日は表の白書院《はくしょいん》広縁で、将軍家治《いえはる》公と跡継ぎの家斉《いえなり》公を前にした上覧試合が行われる。尚武を目的としたもので、大名旗本家の子弟の中から精鋭を選び、勝ち抜きの試合をさせるという催しだった。

正紀は美濃今尾《みのいまお》藩三万石竹腰勝起《かつおき》の次男である。物心ついたときから竹刀《しない》を握り、神道無念流の戸賀崎暉芳《とがざきてるよし》の門弟となった。まだ十七歳だが、すでに免許を得ている。

腕が立てば誰でもよい、という催しではない。将軍家家臣でも御目見え以上の家の子弟に限られた。多くは家禄千石未満の家の者だが、大身旗本や大名家からも腕を見込まれた者が出場した。

勝ち残って一番になれば、将軍家から葵の御紋が入った脇差が与えられる。これを受けるのは、名誉なことだった。

「ぜひ出てみるがよい」

師の戸賀崎に勧められて、出場することになった。出場者は、まだ御目見えを済ませていない者に限られる。

「この試合に出ることで、名や顔を将軍や継嗣《けいし》に知らせられれば、これほど名誉なことはないぞ」

とも言われた。父も兄も、反対はしなかった。

将軍家治公は脚気《かっけ》を患い、体調は万全ではなかった。そこで一時は取り止めになるという話もあったが、この数日は具合がいいらしかった。そこで予定通り行われることになった。

十六人の出場者の中では、正紀がもっとも家格が高かった。家禄が三百俵という者もあり、最年少は常陸下妻藩《ひたちしもつま》一万石井上正棠《いのうえまさき》の長男正広《まさひろ》の十五歳だった。十六人全員が集まったと知らされていた。

「さあこちらへ」

表坊主に案内され、広い廊下を歩いた。どこをどう歩いたかは分からない。ともあれ出場者の控え所へ通された。

「おお」

そこにはすでに、十名あまりの者が顔を並べていた。すべて御目見え以上の家の者だから、いずれも礼儀正しい。上覧試合を前にして、緊張した空気が流れていた。中には、気迫を剥《む》き出しにしている者もあった。

この試合には、「奥詰め衆、御奏者番《ごそうじゃばん》及び布衣《ほい》以上の役人は見物勝手たるべし」という通達が出ている。登城している大名旗本の多くが、見物するはずだった。

下級旗本の次三男は、ここで好成績を残せば、より良い家への婿入りの話が出てくる。そのために満を持して腕を磨いていた者もいると、戸賀崎は話していた。

正紀は袴《はかま》の股立《ももだ》ちを取り、襷《たすき》がけをした。木刀を握って体を動かした。上覧試合だから、胸の高鳴りがないといえば嘘《うそ》になる。しかし気持ちが怯《ひる》んでしまうなどは、まったくなかった。

「腕試しをしてやる」

という意気込みだ。

そうこうするうちに、十六名が集まった。そしてさらに四半刻（三十分）ほどして、大太鼓《おおだいこ》が城内に響いた。

「お出でませい」

裃《かみしも》姿の侍が、一同に声をかけた。木刀を左手に持って、出場者はこれに続く。そして白書院広縁に続く廊下で待たされた。

そこから広縁は見えるが、その向こうの白書院や隣の帝鑑《ていかん》の間は見えない。ただその様子については、上覧試合に出たことのある戸賀崎道場の兄弟子から聞いていた。

白書院下段の間に、将軍と世子が並んで座る。隣の帝鑑の間の御入側《おいりがわ》の前列に老中方、後列に若年寄や寺社奉行といった幕閣が座る。さらにその後ろは、奥詰め衆たちだ。広縁から見た左手の桜溜《さくらだまり》には、大名衆が座る。

桜溜の面々の顔は、待機する廊下からも見えた。

知った顔が、いくつかうかがえた。

試合が始まった。初めは下妻藩の井上正広と、家禄千石ほどの旗本家の三男との試合だった。

「始めっ」

という声がかかって、対峙した二人は木刀を構えた。正広は十五歳で、まだ表情に幼さが残っていた。ただどこかに、悲痛さのある顔つきだった。

この試合に出るのは、たいていが次三男である。正広のような長男の出場は珍しかった。相手の歳は二十二、三で、体つきも一回り以上大きかった。

「とうっ」

構えるとすぐに、年嵩《としかさ》の方が打ちかかった。踏み出しながら、面を打とうという勢いだ。ただ慎重さには欠けていた。相手を若輩と見て、舐めた気配があった。

正紀には、甘い踏み込みに見えた。

「たあっ」

正広の動きは一瞬遅れたが、身ごなしに無駄がなかった。木刀をぶつけ合うこともないままに、相手の小手を打ってすれ違っていた。

「勝負あり」

審判の剣術指南役が、声を上げた。見事な一本といっていい。落とした木刀が、音を立てて床板に転がった。

「おう」

見ていた者たちから、声が上がった。

正紀は、第一回戦の最後の組だった。相手は、家禄四百石の旗本家の子息だ。歳は十九で、正紀と同じ中肉中背《ちゆうぜい》だった。

名を呼ばれて、広縁に出て行く。伏し目がちにしてはいたが、そこで白書院や帝鑑の間の様子がはっきりと目に入った。

家治公には病があると聞いていたが、確かに顔が黄ばんで窶《やつ》れて見えた。脇息《きようそく》に肘《ひじ》を突いて、それで体を支えているような印象があった。世子の家斉公は、精悍な眼差しをこちらに向けてきている。

帝鑑の間の御入側にいる老中たちの顔も見えた。田沼意次《たぬまおきつぐ》と牧野貞長《まきのさだなが》の顔は知っていた。それぞれ屋敷へ、父を訪ねてきたことがある。正紀はその折に挨拶をした。田沼は気さくな人柄で、「学問と剣術に励まれよ」と声をかけてくれた。今をときめく幕政の中心人物だ。

「始めっ」

審判の声が上がった。相手は、すぐには攻めてこない。正眼に構えて、こちらの様子を見る姿勢を取った。しかし勝ちたいという気持ちは、全身から溢《あふ》れ出ていた。爪先が前に出たくて、ちりちりと動いていた。

「やっ」

掛け声だけ上げて、正紀は誘いの一刀を前に出した。相手の切っ先が、待っていたように飛び出してきた。

これを撥《は》ね上げるのは、訳もないことだった。こちらも前に出ている。

「やっ」

と突き出された相手の脳天に、木刀を振り下ろした。とはいっても、打ち付ける寸前で動きを止めていた。

そのまま振り下ろせば、相手の頭蓋の骨は割れている。

「一本あり」

審判は声を上げてから、正紀の方に手を上げた。

これで十六人いた剣士は、八人になった。さして間を開けず、第二回戦が始まった。どれも熱戦だ。正紀はここで、二万三千石の大名家の四男と当たったが勝ち残った。次の八百石の旗本次男も、接戦だったが打ち負かした。

いよいよ一番を決める、最後の一戦になった。その相手は、下妻藩の井上正広だった。

予想外の展開といっていい。正広は小野《おの》派一刀流を学んでいて、天稟《てんぴん》のある剣士だという噂《うわさ》はあったが、十五歳という若年だった。

「頭角を現すのは、あと二、三年先ではないか」

と言われていた。

しかし、この日の試合では、見事な戦いぶりを見せてきた。三戦目では、剣士が向かい合っただけで、見ている者はしんと静まり返った。

歳下であっても、ここまでくれば剣技を認めないわけにはいかない。負けるとも思えないが、勝てる絶対の自信があるわけではなかった。

ただ不思議なのは、勝ち抜いても少しも嬉しそうな顔をしないことだった。

勝った者でも、さすがに広縁では皆が神妙な顔をしている。しかし控えの廊下に出ると、ほっとしたり満足そうな笑みを浮かべたりする。正広にはまったくそれがなかった。

「おかしなやつだな」

と正紀は見ていた。自分や他の者は、嬉しければ嬉しいと顔や態度に出す。それがまったくないのは、理解しがたかった。

向かい合って、互いに木刀を構えた。正広の体勢には、微塵《みじん》の隙もうかがえない。攻めようとする気迫も感じられなかった。静かにそこに立っている。では攻められるかというと、それもできなかった。

安易に攻めれば、これまでの対戦相手のように、たちどころにしてやられる。

「同じ轍《てつ》は踏まないぞ」

と思っていた。

「とう」

じりと前に出ながら、掛け声をかけてみた。切っ先を揺らして煽《あお》ってみるが、誘いには乗ってこない。しかしこちらが少しでも隙を見せたら襲ってくる。そういう勢いが、正広の体の中に潜んでいた。

「これが十五歳か」

と驚いた。

その正紀の心の動揺が、正広には隙と見えたのかもしれない。

「やっ」

掛け声を聞いたときには、切っ先が目の先数寸のところまで飛び出してきていた。弾き上げながら、小手を打とうとしたが、そのときにはすでに腕は引かれていた。

気付いたときには、相手の体が右横に移っている。逆にこちらの小手を、打とうとしていた。驚くべき俊敏さだった。

体を回しながら木刀で弾き返したが、寸刻でも遅れたら打たれたところだった。

交差した二つの体の間に、わずかな距離ができた。今度は正紀の方から、木刀を突き出して仕掛けた。喉元を狙っている。相手はこれを弾き上げた。

だがこの流れは、始めから見越していた。次に狙うのは、相手の頭だ。これが本当の狙いだった。だからこそ、足元に弾みをつけていた。

小さな動きだが、それだけに無駄はない。行けると正紀は思った。

「たあっ」

だがこのとき、正広は気合を上げた。一瞬背が、小さく縮んだように感じた。だがその直後には、内懐に飛び込んできていた。

木刀の切っ先が、正紀の小手を打つ寸前で止まっていた。

「一本あり」

声を上げた審判は、正広の方に手を上げた。

「おおっ」

歓声が上がった。

「ううむ」

無念だが、認めざるを得ない一撃だった。

「見事であるぞ」

家治公は、満面の笑みを浮かべて声を上げた。さらに言葉を続けた。

「若年ながら、よくやった。機敏な動きには息を呑んだぞ」

横で家斉公も頷いていた。敗れた正紀には、将軍も継嗣も一瞥《いちべつ》さえよこさなかった。

正紀は黙礼をすると、広縁から引き下がる。居並ぶ諸侯から正広に対する賛嘆の声が上がるが、正紀の剣技に触れる者はいない。

控えの場に戻っても、声をかけてくる者はいなかった。

「まあ、しかたがない」

悔しいには悔しいが、正広に対しては年下ながら見事だという気持ちがあった。江戸剣界には、名人上手といわれる剣士は、いくらでもいる。上には上があるのは分かるが、十五歳の井上正広の出現は衝撃だった。

用が済めば、長居をしていい場所ではなかった。表坊主に連れられて、控えの場からも離れた。

城門を出ると、下馬所付近で控えていた植村が駆けつけてきた。

「いかがでございましたか」

首尾を尋ねてきた。

「最後の一番で負けた」

と伝えると「それは惜しゅうございましたな」と残念がった。相手が何者かは話したが、年齢までは告げなかった。

初めての上覧試合である。気にしないつもりでいたが、それが胸にちりちりとした痛みを与えてきた。

第一章　嘆願の声

一

正紀は翌日さっそく、麴町《こうじまち》裏二番町にある戸賀崎道場へ行って稽古をした。師の暉芳には、昨日の内に上覧試合の結果は伝えていた。

「まあ、気にするな。小野派一刀流の井上正広は、天稟のある者だそうな」

師は正広の存在を知っていたらしい。正紀にしてみれば、かえって気になった。

「どのような、者ですか」

「さあ。それ以上は知らぬ」

剣の稽古では細かいが、各流派の事情には疎《うと》いらしかった。

正紀は、昨日の正広との対戦について、まずかった点について検証してみようと思った。

「おい、ちと手合わせをしてくれ」

道場内で稽古をしていた山野辺《やまのべ》蔵之助《くらのすけ》に相手を頼んだ。昨日負けたことは話してある。相手が十五歳だったことも伝えていた。

「おお。気が済むまで、相手をしてやるぞ」

山野辺は言った。

同い年で、共に戸賀崎道場で剣技を学んできた。同じ時期に免許を得て、正紀とは五分五分といっていい腕前だった。幼馴染の剣友である。

山野辺の父は北町奉行所の高積《たかづみ》見廻り与力の山野辺吉右衛門《きちえもん》で、その嫡男という立場だった。次男坊とはいえ、三万石の大名家に生まれた正紀とは身分において大きな違いがあるが、二人は対等の友人として「おれ」「おまえ」で付き合ってきた。

自分の身の振り方は分からないが、正紀にしてみれば、この関係を生涯続けたいと考えていた。

「おれはこうやって喉元を突くと見せて、面を狙った。こういう形だ」

正紀は上覧試合の最後の場面を、再現してみせた。

「ところが相手は、内懐に飛び込んできたわけだな。そして小手を打ったわけか」

山野辺も応じた。

確かに相手の木刀は、こちらの小手の数寸の距離にあった。しかし避けられない一撃ではなかったと、正紀は思っている。

「やってみよう」

初めは形をまねるだけだったが、勢いをつけて同じ動きをやってみた。

「おおっ」

正紀は、上覧試合のときよりも動きを速くした。しかし山野辺の竹刀は、こちらの小手を打っていた。

三度繰り返したが、同じ結果だった。

「どうすればよいか」

うまい手立てが浮かばなかった。正広の天稟、で済ませるのは癪《しゃく》だった。

道場内では、他にも何組かの門弟が稽古をしている。また師範席には、五十代と四十代といった年配の二人の侍が、稽古の様子を見ていた。旗本か、どこかの藩の上士といった風情に見えた。

師範席は、正紀と山野辺が稽古している場所に近かったので、二人の侍が稽古の見物をしているのは分かっていた。しかし珍しいことでもないので、正紀は気にしていなかった。

「ひと休みしよう」

ということになって、面小手を取った。道場の隅に座っていると、師範席にいた二人の侍が、傍へ寄ってきた。

「精が出ますな、正紀様」

年嵩の方が、声をかけてきた。満面の笑みを浮かべている。

「はあ」

相手はこちらの名を知っていたが、正紀は相手の名をすぐには思い出せなかった。一呼吸ほどの間を置いてから、思い出した。

「これは児島《こじま》殿」

下総高岡藩《しもうさたかおか》一万石井上《いのうえ》家の江戸家老児島丙左衛門《へいざえもん》だった。高岡藩主正国《まさくに》は、父勝起の弟である。その縁で高岡藩邸へ出向いた折に、顔合わせをしたことがあった。

小太りでどこか狸《たぬき》を思わせる顔つきで、調子のいい老人だった。初めて会ったときも今日も、愛想《あいそう》は極めて良かった。

「さすがに見事な稽古ぶりで、感服いたしました」

調子のいいことを言った。何度やってもうまくいかなかった稽古の後だから、正紀にしてみれば、皮肉を言われたように感じられた。

「当家の殿は、いつも正紀様の話をなさいます」

世辞《せじ》としか、受け取れない物言いをした。

父の勝起も、叔父の正国も、どちらも婿としてそれぞれの家に入った。二人の父、すなわち正紀の祖父は、尾張徳川《とくがわ》家八代徳川宗勝《むねかつ》である。父は八男で、叔父は十男だった。

宗勝はすでに亡くなり、尾張徳川家の当主は、伯父の宗睦《むねちか》が継いでいた。父は長い間、尾張徳川家の付家老という役目を兼務していた。

正紀にしてみれば、児島は親戚筋の家の江戸家老ではあっても、陪臣の一人に過ぎなかった。日常で関わることもない。

傍らにいる四十代前半の侍は、にこりともしない。浅黒い膚《はだ》で、引き締まった表情。何を考えているのか分からない眼差しを向けてきていた。

「こちらにおるのは、当家の江戸詰めの中老で佐名木源三郎《さなきげんざぶろう》と申す者でございます。以後お見知りおきを」

児島はそう言って、横にいる侍を紹介した。

佐名木は黙礼をし、正紀もこれを返した。余計なことは口にしない者のようだが、問いかけてきた。

「繰り返しなされた稽古は、どのような意味でござるか」

どうやらずっと、見ていたらしい。

「あの小手を打たれずに、攻めを続ける手立てはないかと、工夫をしていました」

詳しい事情は伝えないが、正紀は正直に答えた。

「なるほど。ならば喉元への突きをそのまま伸ばさず、体を斜めにして、そこからの踏み込みを工夫されてはいかがか」

佐名木が言った。

工夫しろと告げられても、正紀にはどうしたらいいのか分からない。返答できずにいると、佐名木は続けた。

「突きを早く打とうと、急いておいでになる。そのために体勢に無理がござる。ゆえに相手に内懐に飛び込まれると、瞬時の動きが遅くなる」

自信のある口ぶりだった。

「ううむ」

突きはあくまでも囮《おとり》で、次の動きに主眼を置いていた。だから早く突いてしまおうという気持ちがあったのは確かだった。そこに焦りがあったと、佐名木は指摘してきたのである。

「よし。もう一度やってみよう」

正紀は面小手をつけ、再び山野辺と向かい合った。突きを入れる際の踏み込みで、まずは後足の蹴りを強くした。しかしこれでは前傾姿勢に無理が出た。

やはり次の瞬間には小手を打たれていた。

そこで次は、踏み込んだ足の角度を変えた。微妙に内側に向けたのである。すると体の勢いが増した気がした。

「たあっ」

そのまま竹刀が走って、面を入れることができていた。山野辺は内懐に飛び込めなかったのである。

もう一度同じ動きをしてみた。今度も、相手は小手を打てなかった。

「たったこれだけのことか」

と正紀は驚いた。しかし踏み込む足の角度を変えることで、体の安定度が変わる。次の動きをしやすくするということを、佐名木の助言で学んだのだった。

「お見事ですな」

児島が、賛嘆の声を上げた。しかし佐名木は違った。

「攻めようとする己の気持ちばかりが、先に行っていました。しかし物事には、相手というものがござる。それを踏まえねば、何事も上っ面を撫でただけで終わってしまうのではござらぬか」

厳しい口ぶりだ。

正紀には、反論ができなかった。佐名木の言葉は耳に痛いが、的を射ていると感じた。

二人の高岡藩士は、それで引き上げた。

「いったいなぜ、あの二人はここへ見えたのであろうか」

気になったので、正紀は山野辺に訊いた。

「佐名木殿は、戸賀崎先生とは若い頃からの剣術仲間だと聞いたことがあるぞ」

「なるほど」

それで師を訪ねて来て、ついでに稽古を見たのだと納得がいった。適切な助言ができた理由も頷《うなず》ける。

「しかしどうも、堅苦しいな。最初から最後まで、叱られてばかりいたような気がするぞ」

これは正紀の本音だった。

師の戸賀崎には、いろいろと注意を受ける。しかし面と向かって厳しいことを口にする者は、周囲にそう多くはいなかった。正紀はたまに「ご連枝様《れんし》」と呼ばれることがある。尾張徳川の血を引いているからだ。

児島がおだてるような言い方をしたのはそのためだが、佐名木はそれを気にしている様子はなかった。

二

稽古が終われば、正紀は赤坂《あかさか》にある今尾藩の上屋敷へ帰る。しかし継嗣でもない部屋住みでは、急を要する用事などなかった。儒学や兵学なども学び、読むべき書物もないわけではないが息抜きもしたかった。

「どうだ。八つ小路《やつこうじ》あたりに、繰り出さぬか」

と山野辺に声をかけてみた。

「そうだな。たまにはよかろう」

半年くらい前までは、供の植村を交えて、八つ小路や両国広小路《りょうごくひろこうじ》、上野山下《うえのやました》など へ気晴らしに行った。見世物小屋を覗いたり、土弓《どきゅう》を射たり、屋台店をからかったりした。

互いに部屋住みだから、気楽に過ごせたのである。

しかしこの数か月、山野辺の父親の容態がよくなかった。心の臓の発作を起こしたのである。そこで遊び歩くことが憚《はばか》られるようになった。

聞くと父親の病状は小康状態になっていると返答があった。「たまには」と誘い、出かけることになった。

「いいですねえ。楽しみましょう」

植村も大喜びだ。大柄で、腕は丸太のように太い。剛腕の持ち主だが、剣術の方はまるでだめだった。正紀が稽古をしている間は、詰め将棋をしたり居眠りをしたりして詰所で待っていた。

遊びに出るとなると、顔つきが変わった。

家禄三十五俵の正紀付きの中小姓《ちゅうごしょう》で、歳は二十一。定府の竹腰家家臣だった。

八つ小路は、神田《かんだ》川に架かる筋違《すじかい》橋の南に広がる火除け地である。江戸も中心に近い一等地だから、この広場には見世物や屋台店がいくつも並んで活況を呈している。江戸の繁華街の一つといってよかった。

あいにく天気は良くない。今日も厚い雲が空を覆っていた。

「雨が降らないだけましですよ」

植村は嬉しそうに、広場に目をやる。饅頭《まんじゅう》や心太《ところてん》を商う屋台店の幟《のぼり》が、風に揺れている。

まずは三人で、ぶらぶらと露店を覗く。雑穀や地廻り酒、こわ飯や握り寿司を商う店もあった。

「それにしても、ものの値が上がっているな」

久しぶりなので、値を聞いて驚いた。人は出ているが、売れ行きはよいようには感じられない。

天明期に入って冷害や水害が多く、東北は飢饉となっていた。その影響は、江戸にも及んでいる。米価の高騰は、他の物価にも影響していた。

「雑穀商いの店に人が集まっているのは、米に交ぜて食べるからだ」

山野辺が、そちらに目をやって言った。

大名屋敷で若様暮らしをしていると、世情に疎くなる。さすがに山野辺は、町の者の暮らしぶりには詳しかった。

正紀はいずれどこかの家の婿になり、そこの殿様になる。そうなったら、気楽に町へは出られなくなるから、今のうちに見聞を広めておこうという気持ちもあった。

広場のはずれ、神田川の土手に近いあたりに人だかりがあった。人足ふうやお店者《たなもの》、それに侍も交っている。男だけでなく、女や子どもの姿もあった。

「おおっ」

という喚声が上がっていた。

「あれは賭け相撲ですね」

植村がにこにこした顔になって言った。相撲は、嫌いではないらしい。膂力《りょりょく》が生かせるからだ。

「行ってみよう」

三人は、人だかりの方に近づいた。人と人の間から、取り組みの様子をうかがった。

土俵は、地べたを丸く掘って拵《こしら》えた簡素なものである。二十代と三十代の人足ふうが、四つに組んで相撲を取っていた。尻端折《しりばしょ》りをした初老の男が、塗りの剝げた古い軍配を手に、「はっけよい」と声をかけている。

「おう、やれやれ。押し込め」

などと見物人が野次《やじ》を入れる。

三十代の方が、体は一回り小さかった。しかし腰が低く、頭を相手の胸につけて、どちらかといえば優勢だった。力が入っているから、顔が赤い。

あっと思ったときには、上体を起こした相手の内膝に足をかけて転がしていた。

地響きがあって、わあっと喚声が上がった。軍配が小さい男の方に上がって、多数の者が手を叩いた。

土俵の側に勧進元らしい恰幅のいい男がいて、樽に腰を下ろしている。その横には戸板が立て掛けられて、これには拙い文字で『十人抜き　なったら五匁銀六枚』と記されてあった。おおむね五匁銀は十二枚で一両だから、高額な賞金といっていい。

『対戦十六文』という文字もあった。

出場するのには、十六文を払わなくてはならないという意味だ。

「十人勝ち抜くのは、難しそうだな。力自慢の者ばかりが出るのだろうからな」

「ああ。しかも九人に勝っても、十人目に負けては一文ももらえない。勧進元は、それで儲けるのだろう」

正紀の言葉に、山野辺が応じた。

「さあ、七人抜いたよ。これに勝とうってえ豪の者は、いないかね」

見るからに地回りの子分といった気配の若い衆が、見ている者たちに声をかけた。

勝ち抜いた人足ふうは、なかなかに手強いらしい。大柄とはいえないが、足腰もしっかりしていて、腕力もあるようだ。ただ下帯は薄汚れているし、髷《まげ》はほつれて月代《さかやき》もかなり伸びている。

金目当てに、勝負に出てきた者と思われた。

「やってみようか」

正紀は、そう言った。勝ち負けはどうでもいいが、おもしろそうだと感じたのである。

「おお、そうしよう」

山野辺も応じ、植村はにんまりとした顔で頷いた。正紀、山野辺、植村の順で挑むことにした。植村を倒せば、人足ふうは五匁銀六枚を手にできる。

野次馬として見る分には面白いが、十六文払って投げ飛ばされるだけでは面白くないという者もいる。それだけ出せば、かけ蕎麦一杯を食べられる。

「おれがやるぞ」

と正紀が手を上げたとき、他にやりたいという者はいなかった。

正紀は絹物を身に付け、月代も毎日剃っている。腰の刀の拵えも上質だ。賭け相撲に出るような者には思われない。勧進元は驚いたらしいが、駄目だとは言わなかった。十六文さえ払えば、誰でもいいのかもしれない。

「はっけよい」

両拳を地べたに突くと、軍配が上がった。正紀は全身の力をこめて、相手にぶつかった。相手の気迫も、こもっていた。後三人に勝てば、三十匁の銀を得られる。人足にしてみれば、大金なのに違いない。

気が付くと、合い四つでがっぷり組んでいた。汗と埃《ほこり》のにおいが、いきなり鼻を衝いてきた。しかしそれに怯むわけにはいかなかった。

腰に力を入れて、相手を押す。しかし簡単には動かない。

「やれ、やっちまえ」

どちらを応援しているのか分からない声が、耳に入った。がっぷり組んでいるから、動きが取れない。野次馬は、いろいろなことを叫ぶ。

「おとっつぁん、がんばって」

という子どもの声が、その中に交ざっていた。ふと見ると、土俵際で五、六歳の男の子と三、四歳の女の子が、必死の眼差しを向けている。兄妹だろう。埃にまみれた、裾の擦り切れた着物。どちらも履物はなくて、素足のままだった。

相撲を取っている相手の、子どもだと思われた。

だがその瞬間、正紀の体は地べたに転がっていた。一瞬の気の緩みを、相手は逃さなかった。上手投げを決められたのである。

してやられたと思ったが、悔しくはなかった。

次に手を上げたのは、山野辺である。相撲の巧者ではないが、体は剣術で鍛えている。相手はすでに、続けざまに八番の相撲を取っている。疲れてもいるはずだった。

軍配が上がる。踏み込んだ山野辺は、まず張り手を飛ばした。相手はそれをもろに受けたが、怯まなかった。

鬼の形相といってもよかった。

「おとっつぁん」

小さな女の子が叫んでいる。男の子は目に涙を溜めて、相撲を見詰めている。正紀にしてみれば、勝負よりこちらの方が気になった。

人足ふうも反撃している。突っ張り合いになったが、人足ふうは身を横に回し、巧みに足も前に出してきた。

勢いづいた山野辺の体は、それで前に転がった。

「やったぞ」

声が上がっている。野次馬は、山野辺ではなく人足ふうの方を贔屓《ひいき》にしていた。正紀も、勝った相手に、手を叩いていた。

だが幼い兄妹は、大喜びをしているわけではなかった。顔に怯えを浮かべている。

勝った人足ふうの顔にも、強張りがあった。

あと一つだと、思うからに違いない。

次に手を上げたのは、巨漢の植村だ。勧進元はにやりと口元に嗤《わら》いを浮かべたが、野次馬は不満の声を上げた。体格だけでいえば、勝敗は見えている。

兄妹は、体を震わせていた。

出場のための十六文は、父子にとってなけなしの銭だったのかもしれない。そう考えると、正紀はどきりとした。

「はっけよい」

軍配の動きに呼応して、相手が植村にぶつかった。しかし植村はびくともしない。一度いなしてから、褌《ふんどし》を握りしめた。体格の差で、人足ふうは褌を摑めない。

「こりゃあ、駄目だぞ」

野次馬の一人が、声を上げた。すでに結果が見えたというように、力の入らない声だ。

そのとき劣勢に見えた人足ふうが、一瞬の動きで前みつを取るやいなや、素早く足をかけた。このとき植村は、相手を前に押し出そうとして力を入れたところだった。

「ああっ」

喚声が上がった。植村の体がぐらついたのである。相手はここで、腰を入れて投げを打った。大きな地響きを立てて、植村の体が転がった。

「やったぞ、やったやった」

「十人抜いて、銀三十匁だ」

野次馬たちが、いっせいに騒ぎ立てた。勝った男も、兄妹も茫然《ぼうぜん》としている。

勧進元は、苦々しい顔をしていた。けれども賞金を与えないわけにはいかない。銭箱から、渋々といった顔で金子を取り出し、人足ふうに与えた。

受け取った父子は、人をかき分けて立ち去った。

「勝つつもりだったのですがね、不覚を取りました」

立ち合いを終えた植村は、まずそう言った。

「いやいや、これでよい」

正紀と山野辺は、上機嫌で応じた。示し合わせたわけではないが、三人はあの兄妹の存在に気付いていた。とはいっても、わざと負けたわけではなかった。

野次馬たちが去っていき、正紀らもその場から離れた。地べたに転がされたが、楽しいひとときだった。

八つ小路の雑踏から外れたところで、目の前に五、六人の男が立ち塞《ふさ》がった。立ち止まって振り返ると、後ろにも二人いた。

その中には、先ほどの勧進元と相撲取り崩れらしい大男が二人交ざっていた。

「あんたら、わざと負けたね」

絡んできたのである。初めから喧嘩《けんか》腰だった。問答する気もないらしい。

「このやろっ」

まず相撲取り崩れが、植村に躍《おど》りかかってきた。武家を怖れてはいない。

突き出された太い腕の手首を、植村は握り込んだ。そのまま手前に引いて、腰を入れた。ふわっと巨漢が、宙に浮いた。そして次の瞬間には、足元を揺らすような地響きが起こった。

「わっ」

勢い込んでいた男たちが、わずかに身を引いた。

「行くぞ」

正紀が声をかけると、三人は駆け出した。連中をかまう気持ちはなかった。

追ってくる足音が聞こえたが、気にしない。武家地に駆け込んで、いくつか角を曲がった。すると背後にあった足音は、聞こえなくなっていた。

「愉快だな」

晴らしになった。

「ああ。愉快、愉快」

山野辺の言葉に、正紀も応じた。植村も笑っている。三人にとっては、格好の憂さ

三

夜の食事を終えた後で、正紀は自室で書見をしていた。開け放った部屋には、虫の音が聞こえてきている。

そこへ、廊下から足音が響いてきた。現れたのは、植村だった。

「殿がお呼びです」

と告げた。

父に呼び出されるなどは、めったにない。まるでいないかのように遇されていた。

ともあれ、御座の間に向かった。

何事だ、と緊張した。不始末は、しでかしていないつもりだった。

部屋に入ると、父勝起だけでなく、兄の睦群《むつむら》もいた。睦群は一つ年上で、すでに将軍家治公には、御目見えを済ませていた。竹腰家の家督を継いで、尾張藩付家老とし

てのお役に就いていた。

とはいっても、睦群はまだ若い。今尾藩の政《まつりごと》については、父の勝起が実権を握っていた。

「まあ、くつろぐがよい」

部屋に入って挨拶を済ませると、父はそう言った。手を叩くと、奥女中が茶菓を運んできた。それで説教をされるのではないと知って、ほっとした。

「上覧試合は、惜しかったな」

まず父はそう切り出した。あのときは睦群が大名の一人として、試合を見ていた。兄から話を聞いたらしい。そういえば、伯父である御三家の徳川宗睦の顔も見えた。

「ははっ、不覚を取りました」

何事もなかったように過ごしているが、歳下に負けたことは気持ちに残っていた。

「勝敗は、仕方があるまい。時の運でもある。他にも手練《てだ》れが出ておったのだから、最後の試合まで残ったのは、よしといたさねばなるまい」

慰めに呼ばれたのかと、正紀は戸惑った。父はそのまま言葉を続けた。

「あの折にな、弟の正国も見ておった。負けた試合はともかく、その他の試合で見せたその方の剣技は、見事であったと話していたぞ」

「ありがたきしあわせ」

　一応は、そう答えた。正国は下総高岡藩一万石の当主で、試合のあった翌日、江戸家老の児島と中老の佐名木が、戸賀崎道場へ稽古を見に来ていた。

「そこでだが、正国はその方を高岡藩井上家の婿に迎えたいと申してきた。あの家には姫がいるが、男子はいない」

「はあ」

あまりに唐突な話なので、あいまいな返事しかできなかった。いずれ婿に出なくてはならないが、差し迫ったこととは受け取っていない。自分はまだ十七歳だ。

高岡藩井上家には、男子はいなかった。京《きょう》という娘がいるだけだ。遠くからちらと見かけたが、言葉を交わしたことはない。確か二つ年上の十九歳だった。

「歳は向こうの方が上だが、気にするには及ばぬ。珍しい話ではないぞ」

こちらの気持ちを察したのか、父は言い足した。

大名家の婚儀は、家と家とのものである。本人同士の好き嫌いや、花嫁が年上であるなどは、問題にならない。

「とはいっても、これは高岡藩からの正式な申し出ではない。わしと正国の間だけでした話だ。何が何でも、というわけではない」

と告げられて、少しほっとした。ちらと兄に目をやったが、何かを口にするわけではなかった。

父に、手を付けていなかった茶菓を勧められた。かすていらである。これはこれで美味かった。

「近いうちに高岡屋敷へ行って、正国と京に会ってまいれ。返事はそれからでよかろう」

「ははっ」

無理にではない、というので渋る気持ちはなかった。これを断っても、婿の口がなくなるとは思われない。


翌々日、正紀は植村を供にして、赤坂の屋敷を出た。今日は朝から晴天。秋らしい一日だった。下谷広小路にある、高岡藩上屋敷に向かったのである。

「いよいよ、婿入りですか」

決まったわけではないが、と言い添えた上で伝えた。歩きながら、婿入りについて話してみたかった。

植村は才気溢れる人物ではないが、裏表のない性質であることは分かっていた。自分とも気が合っているから、話しやすかった。

話を聞いた植村の口ぶりは、少し寂しそうだった。正紀が婿に行けば、主従の関係ではなくなる。それが残念らしかったが、どうにもならないのは、植村も正紀も分かっている。

「一万石だからな」

正紀は話を続けた。気持ちに残っていることだ。一俵でも禄高が減れば、旗本に格下げになるぎりぎりの小大名である。

自分は徳川御三家の尾張藩に連なる者だという誇りがある。父は三万石の竹腰家に婿に入った。自分も、もう少し高禄の家から話があるのではないかと考えていた。

偉くなりたいという強い気持ちがあるわけではないが、石高は高い方がいいだろうという程度の計算は、正紀の中にもあった。

父や正国の弟で、徳川宗勝の十四男政脩《まさのぶ》は日向延岡《ひゅうがのべおか》藩七万石の内藤《ないとう》家に入った。さらに下の叔母で品《しな》という者がいるが、これは常陸府中《ふちゅう》藩二万石の松平《まつだいら》家の正室となった。一万石とは大違いだ。

「いや、一万石でもお大名で、お力を振るえばご加増もあるのでは。今を時めく田沼様は、六百石の西ノ丸小姓からご老中になりました」

植村は応じた。田沼意次のような出世は、通常ではありえない。しかし皆無でないのは確かだ。励み方次第では、どうにでもなると言いたいらしかった。

「なあるほど」

正紀は大きく頷く。物事を深く考える習慣は、できていなかった。

「若殿がどこかに婿に入られたら、それがしも引き連れていただけませぬか」

いきなり植村は言った。驚いたが、正紀にしてみれば不快ではなかった。

あれこれ話しているうちに、高岡藩上屋敷の長屋門が見えるあたりに来ていた。

「おや」

植村が、門番所のあたりを指差して声を上げた。

旅姿をした二十歳前後の男が、門番二人に押し飛ばされたところだった。侍ではなく、町の者という印象でもなかった。

「あれは百姓だな」

と正紀は思った。その男が、声を上げている。

「お願いでございます。今一度、話を聞いていただきとうございます」

必死の顔つきで、門番の一人にしがみついた。

「うるせえ。くどいぞ」

今度は足蹴《あしげ》にされた。容赦のない蹴り方だった。男は地べたを転がった。その間に、門番二人は潜り戸の中に入ってしまった。戸はすぐに、閉じられた。

「いかがした」

傍《かたわら》によって、正紀は問いかけた。高岡屋敷に縁のある者だと言い添えている。

「へえ」

男は少し迷うふうを見せたが、口を開いた。

「私は藩のご領地、下総の小浮《こぶけ》村からやって来た、申彦《さるひこ》という者でございます」

父の彦左衛門《ひこざえもん》は、村の名主だという。これで旅姿の理由が分かった。

「名主の倅《せがれ》が、このような扱いを受けるのはなぜか」

腑に落ちないので尋ねた。

「お願いに上がったのです。小浮村は利根《とね》川に面した村です。ここのところの雨で、川の水面はどんどん上がってきています。このままではいずれ必ず堤は切れます。そうなったら、被害は小浮村だけでは済みません」

今年は冷夏というだけでなく、雨が極めて多く、各地の水害の話は度々耳にしていた。弱い堤があれば、激流はそこを責め立てて決壊させ、田畑は流される。不作の折も折に、それに輪をかける災難といってよかった。

「それで藩邸まで、訴えに来たのか」

「土地の陣屋には、何度もお願いに上がりました。でも埒《らち》があきません。それで江戸に出てきて、ご家老さまに訴えをしたのですが、相手にしていただけませんでした」

藩でも、堤が切れることは、重大事として受け止めている。しかし堤の普請《ふしん》には、莫大な金子が必要になる。藩財政は逼迫していて金は出せない、というのが陣屋の返答だった。

堤の補強には土嚢《どのう》だけでなく、最低でも二千本の杭が必要だと中彦は付け足した。この杭の費用が出ない。

「その方らで、按配《あんばい》をいたせ。と言われていますが、村でできることには限りがあります。そこでお殿様のお力を借りたいとやって来たのですが」

悔しそうな顔で、中彦は告げた。

中彦の態度物言いは、不誠実な者には感じられなかった。わざわざ下総の村から出てきたにもかかわらず、門前払いを食らわされている。これは許されないことではないかと、胸に怒りが湧いた。

百姓が堤の普請について、領主に訴えをするのは当然だろう。

「分かった。ならば拙者が、殿様に伝えよう」

「ま、まことですか」

正紀の言葉に、申彦は目を潤ませた。

門前に待たせて、正紀は屋敷の中に入った。

四

「よく参ったな」

正国は機嫌よく、正紀を奥の御座の間に招いた。手入れの行き届いた庭を臨む、十二畳の二間続きの部屋だった。

部屋に入ると、ぷんと藺草《いぐさ》のにおいがした。畳を張り替えたばかりだと思われた。

「はて」

微かな違和感があった。この部屋だけかどうかは分からないが、畳を張り替えるとなると、それなりの費えがかかる。国許の堤普請に杭の費用が出せないといいながら、藩主の部屋の畳は替えるのかと思ったのである。

ただ口には出さなかった。たかが杭とはいっても、二千本である。畳替えの費用とは比べ物にならないのは分かっている。

「叔父上様には、ご機嫌麗しく」

と、一応の挨拶はした。正国は小大名ながら、大坂《おおさか》定番などの幕府の諸役を務め、近々奏者番《そうじゃばん》の役に就くのではないかとの噂もあった。尾張徳川の血を引く身の上で、しかも能吏《のうり》だという評判もあるので、常に重い役に就いている。

ただ壮健ではなく、病がちなところもあった。今日も顔色がいいわけではなかった。ご機嫌が麗しいかどうかは分からないが、儀礼の言葉しか思いつかなかった。

「まあ、今日はな。登城せぬ日なので、のんびりしておる」

この日を選んで、正紀は訪ねてきたのだ。

京との見合いというわけではない。甥が叔父を訪ねたという形だ。

「上覧試合は、見事であった」

正国の口から、ねぎらいの言葉があった。

そこへ衣擦れの音がして、京が部屋へ入ってきた。二人の腰元が、正紀のための茶菓を手にして従っている。

「ようこそお越しくださいました」

菊をあしらった、艶やかな打掛姿で、鬢付《びんづ》け油の甘いにおいが鼻をくすぐってきた。髪には、鼈甲《べっこう》の簪《かんざし》が挿してある。うりざね顔で、目鼻立ちも整っていた。気の強そうな目をしているが、器量よしだとは感じた。

どこかつんとしているようにもうかがえた。贅沢《ぜいたく》そうにも見えた。

茶菓を置いた腰元が姿を消すと、部屋には三人だけが残った。

「どうぞ」

京が、茶菓を勧めてくる。菓子盆に載っているのは薯蕷饅頭《じようよまんじゆう》だった。茶もきわめてよい香りを立てていた。

「美味《うま》い」

一口食べて、自然に声が出た。

「下妻藩の正広さまと、試合をなさったそうで」

二つ目を食べ始めたところで、京が口にした。上覧試合のことを言っている。口ぶりから、井上正広を知っている気配だった。

「なぜ知っているのか」

と不思議に思ったのが、顔に出たらしかった。正国が補った。

「高岡藩井上家と下妻藩井上家は、共に遠江浜松《とおとうみはままつ》藩井上家の分家だ。親族というわけだ」

「はあ」

知らないわけではなかった。ただ上覧試合で負けた正広とは繋げたことはなかった。だから驚いたのである。

「正広どのも、弟君の正建《まさのり》どのも、よく当家にお越しになりました」

京の言葉も、それで得心がいった。

「いや。拙者は不覚を取りました」

触れたい話題ではなかったが、仕方がないのでそう応じた。

「気になさることはありませぬ。あの者には、天賦の才があるそうです」

慰めるように京は言ったが、それは自分には才がないと告げられたようで、面白くはなかった。押さえ込んでいた悔しさが、蘇《よみがえ》ってきた。

また試合を見てもいないくせに、余計なことを口にするなという気持ちもあった。年上ぶっているところも気に入らない。

ただそれで、いまある縁談をなかったものにしようと決めたわけではなかった。話題を替えることにした。

「たった今、門前で小浮村の名主の倅で、申彦なる者に会いました。利根川の堤が、長雨で切れそうだという話をしておりました」

「ほう。それはたいへんだ」

正国は、初めて話を聞くといった顔で応じた。そこで正紀は、中彦から聞いたすべてを伝えた。

「そうか。ならば国許の園田《そのだ》や児島が、何とかするのではないか。あの者たちに任せておるのでな」

園田というのは、国許にいる家老で園田頼母《たのも》という者だそうな。

口では「たいへんだ」と言っても、詳細を聞いて、取り立てて驚いた様子や関心を示すわけではなかった。正国は、国許の事情には疎いようだ。

仕方がないので、この話題もここまでにした。京はこのやり取りには、一切関わってこなかった。

御座の間を辞した正紀は、別室で児島と会った。

「先日の戸賀崎道場では、お見事な技を拝見しました」

いかにも殊勝な顔つきになって言い、恭《うやうや》しく頭を下げた。稽古見物には、佐名木という重臣もいたが、ここにはいない。

ここでも正紀は、屋敷の門前で中彦なる者と出会ったことを話した。ぜひ会って、話を聞いてやってほしいと伝えた。

「いやあれは、国許が対応する話でございますのでな、引き上げさせました」

それまでとは打って変わった無表情になって、児島は言った。訪ねてきたことは知っていたが、会わなかったのである。

その冷ややかな口ぶりが、正紀には不満だった。話だけでも聞くべきだと思っている。

「村の者の言葉は、重んじねばなるまい。まして米を守る話ではないか」

強い言い方をした。

「ならば、話だけは聞きましょう」

しぶしぶ応じた。

正紀はさっそく、門外に待たせていた申彦を敷地内に入れた。とはいっても、児島は申彦を建物の中に上げたわけではなかった。裏庭に呼んで、縁側から話を聞いた。

申彦は地べたに両膝をついて座っている。

「いつまた大雨や野分《のわき》が来るか分かりません。今はぎりぎりでどうにかなっていますが、次に大きいのが来たら、どうにもなりません」

待ったなしなのだ、ということを伝えた申彦は、両手をついて、額を地べたにつけた。

「村の者で、土嚢を積めばよいのではないか」

「それでは、今の水の勢いにかないません。杭を深く打ち、これに合わせて土嚢を積まなければ、崩されるだけです」

もっともなことだ。杭は三千本欲しいが、無理ならば二千本でも何とかなるだろうとも言った。

ともあれ児島は、最後まで話を聞いた。

「そうだな」

しばらく腕組みをしてから、言葉を続けた。

「費えのかかる話だ。即答はできぬが、考えてみよう」

「お、お願いいたします。す、少しでも早くに、何とかしてくださいまし」

中彦は再び、地べたに額を擦りつけた。

「あい分かった。下がってよい」

児島は威厳をこめた口ぶりで言った。初めの、冷ややかな様子とは違っている。

「あ、ありがとう存じます」

一度は門前払いをされたが、どうにか考えようとまで言ってもらえた。大喜びとはいえないが、いく分かほっとした気配がうかがえた。

正紀は、植村と中彦を伴って表門から外へ出た。

「お陰で助かりました」

中彦は大げさとも思えるくらいに、深く頭を下げた。そして続けた。

「おれは何としても、鉄砲水から村を守ります。杭が来るまでに、土嚢を拵えます」

田仕事の他にするのは、容易ではないだろう。しかし決意は伝わってきた。

「そうか。ならば拙者も、できる限りの助力をするぞ」

正紀は固く約束をした。

「ではこれで」

用が済めば、少しでも早く高岡に戻りたい。そういう物腰だった。中彦とは、屋敷の門前で別れた。

五

大名としては、成り立つぎりぎりの一万石。しかも高岡藩は、領地に沿って流れる利根川の治水工事も充分にはできていない。杭二千本の支出も惜しんだ。

しかし事情を聞いた江戸家老は、真顔になって考えようと言った。問題があっても、前向きに捉えて改善する姿勢があるのはよいことだ。藩政に勢いがあると感じられる。

「過ちては改むるに憚ることなかれというからな」

と論語の言葉を思い出す。

口先ばかりだと見ていた江戸家老の児島だが、実はそうでもなさそうだ。正国や京も贅沢好きだと見えたが、ときをかければ変えられるのではないか……。

先日は児島と佐名木が、戸賀崎道場へ稽古を見に来た。今になってみると、あれは自分の稽古ぶりを見に来たのではないかと思われる。

そういうこともあって、叔父の正国が婿にというのならば、それは藩全体からも自分は求められているのではないかと受け取った。

ならば高岡藩への婿入りは、嫌ではなかった。京が歳上で生意気なことや、佐名木は煙たい印象だが、それで断ろうという気持ちにはならない。いつかは婿に出る身の上だと覚悟はできていた。

そこで兄の睦群に、相談をしてみた。父から話があったとき、兄は同席をしていた。兄弟仲は悪くない。長男と次男では、家中での扱いの差は歴然としているが、兄は可愛がってくれた。相撲を取って投げ飛ばされたが、肩車をしてもらった記憶もある。

睦群の部屋は庭に面した日当たりのよい部屋だが、正紀の部屋は裏庭に接している。

その兄の部屋を訪ねた。

庭の池で、鯉《こい》がばしゃりと音を立てた。

「どうした」

機嫌よく迎えてくれた。

「高岡藩への婿入りの話についてですが……」

迷っているという胸の内を伝えた。小藩であることも、財政が豊かではないことも話の内に加えた。正直に話していい相手だ。

「いやでなければ、かまわぬのではないか。押し付けるのではなく、求められてゆくのだからな」

兄はまず、そう口にした。

「ははあ」

それは正紀自身も考えたことだった。

「藩財政が厳しいのは、どこも同じだ。我が今尾藩も楽ではないぞ」

と兄は言ってから、話を続けた。

「叔父の政脩様は、延岡藩七万石へ婿入りなされた。父の三万石よりも、はるかに石高は大きい。しかしな、あの藩はたいへんだぞ。先代から不作が続いて、藩は十万両もの借財を抱えている。半知《はんち》借上を長く続けているが、どうにもならない。重い年貢を課せば、百姓は一揆を企てかねぬ」

物騒なことを、言った。半知借上とは、藩士の俸禄を半分にするという話である。十万両の借金といわれても、正紀には実感が湧かない。ただ厳しい状況にあるのはうかがえた。

「何かあれば、責めはすべて藩主に来るのだぞ」

真面目な顔で、兄は話を終えた。

政脩とは叔父甥の間だから、尾張藩邸などで何度か会って挨拶をしたことがある。しかしそうした内情については、初めて耳にした。叔父は大家に婿に行って、運がいいくらいにしか考えていなかった。

「今尾藩の方が、いいですね。半知借上など、話にも出ませんね」

「そうだ。石高だけが重要ではない。小さい藩の方が、やりやすいかもしれぬぞ」

ただ高岡藩の内情については、よく知らないらしかった。睦群の言葉はどこまで深く考えたものか分からないが、参考になった。

そこで正紀は、山野辺にも意見を聞こうと考えた。大名家の者ではないが、正直なことを言ってくれるだろうと考えた。

あの稽古をしてから、山野辺は道場に顔を見せていない。それも気になっていた。

翌日道場へ行くと、師から山野辺の父親が昨日亡くなったと知らされた。

「なんと」

前から具合がよくないというのは、聞いていた。心の臓の発作が、またあったらしかった。昨日一昨日は、山野辺にしてみればたいへんな日だっただろう。

今日は通夜だと知らされた。

暮れ六つ（午後六時）を過ぎてから、正紀は八丁堀《はっちょうぼり》の山野辺の組屋敷に出向いた。

父親の吉右衛門は高積見廻り与力として長く役目についていたので、町奉行所の者だけでなく、多くの町人の弔問客も姿を見せていた。

正紀も、弔問客の一人として焼香をした。

山野辺の屋敷には、何度も訪ねたことがある。吉右衛門は屋敷にいるときは、よく声をかけてくれた。知らない人物ではないから、胸が痛んだ。

「こうなると蔵之助殿も、いよいよ出仕だな」

弔問に来た与力たちが、話をしていた。嫡男だから、当然そうなる。

「いろいろ、お世話になりました」

大店《おおだな》の番頭らしい者が、挨拶をしていた。そんな中で山野辺は、喪主として立派に振る舞っており、いつもよりも大人びて見えた。

僧侶が引き上げた後、清めの席に正紀もついた。慰めの言葉を、かけてやりたかった。

吉右衛門が発作を起こしたとき、山野辺は傍にいて背をさすっていたという。しかしその甲斐《かい》はなかった。

「さぞ無念であっただろうな」

「まあ、仕方のないことだ」

それなりの思いはあるはずだが、山野辺はまずそう言った。そして続けた。

「おれは父上の後を継いで、高積見廻り与力になるぞ。父上のように、務めねばなるまい」

決意の表情は、遊んでいるときとは別人のようだ。

「それはよい。お父上も、喜ばれるであろう」

「いかにも。他にもやりたいことがないではないが、目の前の運命は受け入れなければなるまい」

山野辺は気力をこめて言った。幼馴染《おさななじみ》は、これから新たな世界で暮らしを始めようとしていた。自分たちは、これまでとは違う暮らしを始める歳になったのだとも感じたのである。

「ならば自分の目の前にあるのは、高岡藩だな」

と正紀は呟《つぶや》いた。詳細を伝えて相談をしたわけではないが、山野辺から回答をもらった気になった。

「行ってもよいか」

どちらでもよかった気持ちが、行こうという方向に動いている。もともと物事を深くは考えない。運命だと思ったのだ。

六

その三日後のことである。

いつものように正紀が戸賀崎道場へ稽古に行こうとしていると、屋敷の玄関先が騒がしかった。尾張藩から家臣が来て、竹腰家の家臣も慌てた様子で出かけて行った。

続いて父と兄も、裃姿で屋敷を出て行った。

「今日は、外出をお差し控えいただきます」

と老臣が言ってきた。

「何があったのか」

「どうも、お城で変事があったようでござる」

老臣も、よく分かっていないようだ。箝口令《かんこうれい》が敷かれているのかもしれない。

夕刻になって、父と兄が戻ってきた。それで廊下で会った睦群に事情を尋ねた。人のいない部屋へ伴われて、そこで話を聞いた。

「将軍家治公のご容態がよくないようだ。大奥でお倒れになったという」

「それは……」

つい数日前に、城内白書院広縁で剣術の上覧試合があったときは姿を見せていた。だからなおさら驚いた。

「上様におかれては、脚気がずいぶん前からよくなかった」

睦群は続けた。声を落としている。

そういえば、顔色は優れなかった。脇息にもたれかかって、大儀そうだった。あのときは小康状態だったと聞いたが、あの後急変したのだろう。

「これは、まだ公にはなっておらぬ。口外をしてはならぬぞ」

と念押しをされた。亡くなったわけではないが、将軍の病状は極秘事項となる。

竹腰家に知らせが入ったのは、尾張藩徳川家の一族で、付家老をしているからこそのことだ。今尾藩でも、将軍の危篤は重臣にしか知らされていない。多くの大名家には伝えられていないはずだと睦群は言い足した。

「これから、どうなるのでしょうか」

「権勢を誇った田沼様だがな、あれは家治公という後ろ盾があったからだ」

「では」

「苦々しく見ていた者は、少なくない。ご薨去《こうきよ》となれば、早晩、失脚するであろうな。幕政は動くぞ」

「まさか」

「いや、まことだ。尾張上屋敷の上層部では、話題の中心はそれだった」

正紀は驚きで、すぐには声も出ない。

幕政を牛耳っている田沼意次も、そう遠くないうちに滅びる。上覧試合のときに目にした田沼の顔が、脳裏に蘇った。

「では、新たなご老中にはどなたが」

ようやく声が出た。

「陸奥《むつ》白河《しらかわ》藩の松平定信《まつだいらさだのぶ》様であろう。あの方は、田沼様のやり方を憎んでおられた」

その噂は、正紀も耳にしたことがある。

「では田沼様は」

「徐々に家禄を削られるであろう。定信様のなさることは苛烈だというから、最後には一万石ほどになってしまうのではないか」

田沼家は五万七千石だが、それが一万石程度になるだろうという睦群の見立てである。

「そうなると、高岡藩と同じですね」

正紀は、つい思いついたことを口にした。すると睦群は、にっと口元に笑みを浮かべた。

「落ちぶれて一万石ならば、無念であろう。だがそこから始めるのならば、面白そうではないか」

長話はできない。尾張家の付家老として、どういう動きをするか、これからが正念場だ。忙《せわ》しない様子で、部屋を出て行った。

それから数日、睦群は多忙に過ごしているが、正紀は藩政に関わることなく過ごしていた。いずれ屋敷を出る者として、期待はされていなかった。

　戸賀崎道場へ稽古に行っても、当主となった山野辺は姿を現さなかった。出仕に必要な届《とどけ》を出さなくてはならないし、挨拶回りもこなさなくてはならない。

　入門以来、道場へ行けば必ず顔を合わせていた馴染の者がいないというのは、寂しいものだった。稽古相手はいくらでもいるが、山野辺と同じように付き合える者はいなかった。

「つまらんな」

　と思っていたとき、高岡藩の国許からやって来た百姓申彦のことを思い出した。あれからしばらく日にちが経っている。今のところ野分は来ないが、利根川の堤普請はどうなったかと気にもなった。

　そこで稽古の後、高岡藩邸の児島を訪ねることにした。

　門番所で名乗ると、すぐに門は開かれた。正国は不在だったが、児島は屋敷にいて面談ができた。

「申彦でございまするか。はて、どのような話で」

　正紀が小浮村の堤の話をすると、すぐには意味が分からないという顔をした。そこで改めて最初から話をした。藩にとっては大事なことだと思うから、多少声が大きくなった。

「ああ。そのことでございましたか」

児島は、ようやく応じた。分かっていたのにとぼけていた、とも感じられた。

「どうなったのか聞きたい」

「あの件については、鋭意検討をいたしました。しかし杭も二千本となると、とんでもない額になりまする。そのような金子はござりませぬので、村でできることをする。そういう運びとなりました」

あっさりとした口ぶりだった。

中彦の話を聞いても、もともとどうするつもりもなかった。あのときは、ただ場を治めるためだけに、耳障りのよいことを口にしたのだと正紀は察した。

「それは違うのではないか。小浮村ではどうにもならぬから、あの者は助けを求めてまいったのだ。一たび大雨があれば、堤は切れると」

抑えてはいるが、それでも気持ちが昂《たかぶ》っているのは分かった。しかし児島は落ち着いていた。

「いや。村には余力がございまする。あの者は、藩に甘えておりまする」

「ならば検分の者を、国許にやったのであろうな」

「もちろんでございます」

児島は一瞬目を泳がせたが、そう言い切った。

「ならば、その者に会わせてもらいたい。村の事情を聞きたいのでな」

すると児島の顔つきが、がらりと変わった。それまでは愛想笑いを浮かべていたが、あからさまな仏頂面《ぶっちょうづら》になっていた。

「あなた様は、まだ当家の方ではござらぬ。我らで決めたことについて、口出しは無用でございまする」

「何だと」

怒りが湧いた。しかし児島はかまわず続けた。

「もしあなた様が当家に婿入りなさると決まって、尾張藩もしくは今尾藩より、杭をご寄進いただけるならば話は別でござる。いかがか」

金も物も出さず、口だけ出すのはやめろと言ってきたのである。また利根川の堤普請を、他人事《ひとごと》のように受け取っているとも感じた。

正紀の怒りは大きくなった。児島には、堤普請をどうにかしようという気持ちはない。しかし口にしたことは、間違ってはいなかった。

高岡藩にしてみれば、今の正紀は、しょせん他家の者でしかない。

「尾張藩も今尾藩も、ご内福ではござらぬか」

今度は、皮肉っぽい笑みを浮かべて言った。

「ううむ」

児島は狸だ。腹立たしいが、いまの正紀では太刀打ちできなかった。

怒りは消えない。しかし高岡藩の一村のために、尾張藩や今尾藩が金子を出すなど、考えられない話だった。

ただこれでは、中彦と交わした約束が果たせない。ならば児島と同じではないかと、正紀は己を責めた。

そのとき、部屋の襖《ふすま》が外側から開かれた。

「お邪魔いたす」

部屋へ入ってきたのは、中老の佐名木だった。やり取りを聞いていたものと思われた。

七

「いやいや、よいところへ来られた。それでは拙者はこれで」

佐名木が現れたのをこれ幸いと、児島は部屋から出て行ってしまった。逃げ出したと思うが、もう相手にするつもりはなかった。

「堤の杭と耳にいたしましたが、どのような話か伺わせていただきます」

向かい合って座ったところで、佐名木は口にした。

「利根川べりの小浮村の名主の倅が、堤の普請について訴えに来た話だが、聞き及んではいないのか」

まさかという気持ちで、問いかけた。児島は鋭意検討したと言ったから、当然中老にも話は伝わっていると考えた。しかしそうではないらしい。

「聞いておりませぬな」

憮然《ぶぜん》とした顔で、佐名木は応じた。

ふざけた話だ。児島には、まともに事をなそうという気持ちが、まったくうかがえない。ただその怒りを、佐名木に向けるのは筋違いだった。

そこで過日、門前で申彦と出会ったところから、今日児島と交わした話に至るまでを伝えた。

「なるほど。小浮村は利根川に接した村で、もともと堤は堅固なものではありませんでした。それで小さな手当てを繰り返してきましたが、それでは足らなくなったということだと存じます」

佐名木も児島のようにはぐらかすならば、正国に告げるしかないと正紀は考えた。

けれども佐名木の反応は、まともだった。前から問題があったことを認めている。

「何とか、ならぬのであろうか」

児島ができないと言ったら、もうどうにもならないのか。佐名木の意見を聞いてみたかった。

「高岡藩の領地は、一つの場所にまとまっているわけではありませぬ。五つの土地に分かれておりますが、その大きいところは、利根川に面しています。ですから水の利用には適していますが、増水の折には難渋《なんじゅう》することになります」

初めて、具体的な話を聞いたと思った。正紀が頷くと、佐名木は話を続けた。

「利根川に接している村は、小浮村だけではありませぬ。高岡村や猿山《さやま》村などもそうですが、あのあたりは谷戸《やと》と呼ばれる地形で、水には強いとされております。しかしここ数年に及ぶ大雨は、利根川の水位を上げました。堤が切れ、激流に襲われては、どのような地形であっても田は流されます。ゆえに堤の整備については注意を払っておりました」

「なるほど」

小浮村だけの問題ではない、ということらしい。

「広範な地域になります。そのための費えは、高額なものにならざるを得ません。ですから児島殿は、ない袖は振れぬと申したのでございましょう。ただ、それでは済まないのも確かでござる」

「その通りだ」

「早急に、何とかいたさねばなりますまい。ただその手当が難しい。二、三百本の古杭ならば、集められまするが」

これは、すぐにもやると明言した。ただそれ以上については、できるとは口にしなかった。厳しい表情になっている。

ない袖は振れぬと終わりにするのではなく、次善の策を講じようとするのは児島とは違うところだ。

どうしたものかと思案していると、佐名木から問われた。

「正紀様は、杭二千本を手に入れる手立てがおありでしょうか」

「ううむ」

返答に窮した。尾張徳川家の連枝で、三万石の大名家の生まれでも、部屋住みの自分には、そのような手立ては何もない。しかしだからできぬと言ってしまったら、児島と同じではないかと考えた。

他藩の出来事に口出しをする、ただの野次馬ではないかとも感じる。

「や、やらねばなるまい」

と正紀は口に出していた。額や首筋に汗が滲んでいるのが自分でも分かった。

ここで佐名木は、何も言わず少しの間正紀の顔を見詰めた。そして問いかけをしてきた。

「なぜ、小浮村の堤の普請にこだわられるのか」

「それは……」

返事に窮した。ここまでこだわる理由を考えたことはなかった。しょせん他人事ではないかと、冷ややかに思う気持ちもないではない。

「申彦と約束をしたのでな」

咄嗟《とっさ》に口から出たのは、この返答だった。

「それだけでござるか」

探るような眼差しに、どきりとした。気持ちが、高岡藩に移っている。

初めての婿入り話であり、山野辺の父の死や兄の言葉もあった。権勢を誇った田沼家が、いずれ一万石になるならば、そこから始めるのも面白いという軽い気持ちもある。

「当家に、関わろうというご決意があるということですか」

探るような、試すような口ぶりだった。

「そうだ」

間違いのない自分の思いなので、正紀は頷いた。

佐名木は、大きく一つ頷いた。ただ慎重な眼差しを向けてきた。

「話は分かりましたが、よくお考えにならなくてはなりますまい」

と言った。

正紀にしてみれば、何を言い出すのかと少し驚いた。佐名木は己が中老として身を置く高岡藩を、絶対のものとして捉えていない。婿入りするについては、検討をしろと言っていた。

「当家の領地は利根川沿いにあり、小浮村だけでなく常に利根川による水害と隣り合わせております。下手をすれば、一村二村の収穫がまるでなくなる年もありまする」

「それでも村人には、食わせなくてはなるまいな」

「さよう。しかしそういう年は、他の村でも収穫高はよくはありませぬ。そのような年が何年も続けば、藩のやりくりはつきまする。二千本の杭さえ、用立てすることが難しくなりまする」

「藩財政は、厳しいわけだな」

「はい。商人より、すでに長期に渡って金も借りておりまする」

領地は五つの地域に分かれているので手間がかかり、年貢を徴収する効率は悪い。利根川べりの土地で、さしたる名産もないと付け足した。

「ならば新田を開けばよいのではないか」

これは、どこの藩でも行っている。今尾藩でも力を入れていた。

「いかにも。だが当家の領地で新たに開ける土地は、川べりにしかござらぬ。川が氾《はん》濫《らん》すれば、たちどころに田は流され申す」

高岡村周辺は平地の中に、小高い丘が点在する。だが水を引けないこの丘を田にするのは極めて難しいと、佐名木は顔を顰《しか》めた。

「そうか」

「加えて高岡藩は定府の大名で、殿様は国許へはよほどのことがなければ戻れませぬ。参勤の交代はありませぬが、当主が江戸に居続けるとなると、お城への進物や他家との付き合いなどで、大名としての格式を保たねばなりませぬ。余分な費えがかかります」

堤普請のための杭の手配はできなくても、屋敷内の畳替えはしなくてはならない。

客を招くとなれば、毛羽立った畳では大名家の面子《メンツ》が立たないことになる。

「また国許へ戻れぬとなれば、土地の事情にも疎くなるだろうな」

これは正紀が感じたことだ。佐名木はこれについては返事をしなかった。

「当家には、家臣の家が八十戸ほどありまするが、これらの者には、二割の禄米借上をいたしております」

給与である禄米が、二割減らされることを意味する。日向延岡藩ほどではないにしても、諸色高直《しょしきこうじき》の中で藩士の暮らしは楽ではないだろうと予想がつく。

「その藩士たちの中には、閥もござる。小さな藩ではあっても、そのあたりは他藩と変わりはありませぬぞ」

佐名木は、高岡藩の実情を伝えている。よいことばかりを、言葉巧みに飾って言うのとは違う。では婿に来るなという意味かというと、そうでもないようだ。自分に向ける眼差しは、冷ややかなものには感じない。

「いかがでござるかな。当家に婿入りされるからには、それらに関わって行かねばなりませぬぞ」

覚悟を決めて来い、と告げられたようだ。言外に「できないならば、止めた方がいい」という含みもあるのだろう。

佐名木の言葉には、児島のような狡さは感じない。むしろ正直だ。だからこそ、たいへんだから止めるとは口にできなかった。

「やってみようではないか」

と正紀は言っていた。

「お気持ち、お伺いいたしました。ならばやっていただきましょう」

力強い声で、佐名木は応じた。

まんまと嵌《は》められた気もしたが、不快ではなかった。

「そうなると、実際に二千本の杭をどうするかですな」

佐名木は具体的な話に戻した。「やらねばなるまい」という気持ちだけでは、どうにもならない。

「ともあれ、当たってみよう」

正紀は応じた。

上覧試合では、歳下の正広に破れた。勝敗は時の運だが、負けたのは自分に力が足りないからだと受け取っていた。できれば再試合をしたいが、それはかなわない。ならばそれに代わる何か、納得のゆくことをしたかった。

堤の普請に関わるのは、いかにもそれにふさわしいという思いだ。杭については、動いてみなくては分からない。

第二章　伯父の声

一

さらに二日が過ぎたが、将軍家治の容態に恢復《かいふく》の目途は立たなかった。その報は公にされないいまま、江戸城内はもちろん、各大名旗本家にも伝わっていた。大名として、また尾張藩の付家老として、兄睦群はこの数日多忙だった。

将軍が代われば、老中田沼の失脚は間違いない。幕府の体制は大きく変わる。尾張藩はこれにどう対処するのか。これは大問題だった。

父勝起も隠居したとはいえ、先代尾張藩主の実子だから本家の大事として、市《いち》ケ谷《や》御門外の上屋敷には毎日顔を出していた。しかしその日は、夕方には赤坂の竹腰屋敷に戻っていた。

そこで正紀は、父の御座の間へ出向き面談を求めた。多忙は承知の上だが、伝えるべきことは伝えなくてはならない。

気持ちに怯みはあったが、父の機嫌は悪くなかったらしい。すぐに部屋に通された。

「御用繁多にてお疲れのところ、畏れ入りまする」

畳に両手をつき、慰労をこめて挨拶をした。親子といえども、馴れ馴れしい態度は取れない。また長話もできない。

すぐに正紀は訪ねた目的を伝えた。

「拙者、高岡藩へ、婿入りしたく存じます」

もう後戻りはできない。しかし後悔はしないつもりだった。

「そうか。正国は喜ぶぞ」

と父は満足そうな表情をした。気難しい話ばかりの中で、正紀の申し出は気分転換になったらしい。

「高岡藩も、内輪ではいろいろなことがあるようですが」

堤の補修や財政のことなどを含めた上で、正紀は口にした。父は叔父正国とは、様様な話をしているはずだから、高岡藩の事情も少しは耳にしているのではないかと感じている。

「それはそうだ。波風一つ立たぬ御家などあるまい」

あたりまえのように言った。だが具体的に、何かに触れることはなかった。そこで正紀は、今年の多雨と利根川の増水、領地の村が水害の危機に遭っている点を伝えた。

「そこで村では、堤普請を行わねばなりませぬが、二千本の杭の用意ができませぬ。今尾藩からの手助けを願うことはできませぬでしょうか」

ぜひにもという気持ちで口にした。

「何を申すか」

父の顔が、にわかに冷ややかになった。

「なぜその方が、婿入りをせぬうちにそのようなことを言うか」

と一喝された。

「ははっ、捨て置けぬ様相にて」

「何であれ国許の普請については、高岡藩がどうにかする問題である。今尾藩が口出しをすべきものではない」

「しかし」

「くどいぞ。我が美濃の領地にも揖斐《いび》川や大榑《おおぐれ》川がある。どちらも堤の普請には金と労を割いておる。しかしその手助けを他藩に求めることはないぞ」

そう言われると、返答のしようがなかった。さらに父は続けた。

「高岡藩への婿入りについては、話を進めよう。しかしその方はまだ、藩内の仕置きについて口出しをする立場にはない。それを忘れるな」

厳しく言われた。それ以上の話にはならなかった。

父の言うことは、間違っていない。しかし佐名木には関わると告げてしまった。武士に二言があってはならない。正紀にとって、引けないところだ。

そこで正紀は兄のもとへ行った。兄には申彦と交わした約束のことにも触れて、事情を話した。何か知恵を貸してもらえるのではないかと考えたからである。

兄は最後まで話を聞いてくれたが、発した言葉は正紀が求めていたものではなかった。

「婿に入る前から、関わることではない」

あっさりしたものだった。

他の手立てを探らなければならないと考えているところへ、訪問客があると植村が伝えてきた。やって来たのは、山野辺だった。

早速、部屋に通した。

山野辺は、何度か屋敷に連れてきている。門番にも顔を見せているので、門前払いにされることはなかった。

「よく来たな」

身なりは道場で会うときとは違う。羽織を身に付け、腰に十手を差した姿は、立派な町奉行所の与力だった。

「毎日、町を廻っておるぞ」

笑みを浮かべた口元から、白い歯が覗いている。父を亡くしてまだ間がないが、役目を始めた。それを知らせに訪ねてきたのである。正紀は通夜と葬儀にも出たので、その礼も兼ねていた。

「荷を高く積めば、落下して下の者が大怪我をする。またそれを足場にして盗みに入る者も現れるからな、役目は重大だ」

生き生きとした顔で山野辺は言った。役目に満足している様子だった。

「しかしな、なかなか守らぬ者もいる。おれが通り過ぎてから、高く積み上げる者もいるぞ。またおれに銭を寄越して、目こぼしをさせようとする者もいる。まあ、許さぬがな」

あははと笑った。

屈託のない様子が、正紀には羨ましく感じた。

「ところで、婿入りの話はどうなったのか」

通夜のときに、そういう話があるということだけは伝えていた。

「いや、話が進んでな。下総高岡藩に、婿入りすることに決めたぞ」

「ほう、そうか。めでたいではないか」

「いやいや、いろいろとあってな」

正紀は高岡藩上屋敷の門前で申彦に会ったところから、今に至るまでの流れを詳細に伝えた。

「なるほど、大名家の婿に入るのも楽ではないな」

山野辺は、どこか慰めるような口調だった。父や兄のようなことは口にしなかった。

「要は、二千本の杭を何とかするという話だな」

「そうだ」

分かりは早かった。

「ならば高岡藩の、御用達《ごようたし》の米問屋に金を出させてはどうか。国許の米の出来具合は、商いに大きく関わるからな。杭の銭を出すのではないか」

「おお、それはよい。新米とは言え、さすがに町奉行所の与力だな」

金の流れについては、自分よりも鼻が利くと感心した。

翌日の稽古の後、正紀は植村を伴って高岡屋敷へ行った。佐名木は留守だったので、居合わせた者に出入りの米問屋について尋ねた。

「深川堀川町《ふかがわほりかわ》の安房屋《あわ》でございます」

ということで、二人は大川を越えて深川へ出た。

「百本二百本ならともかく、二千本となるとどうでしょうかね」

植村は首を傾《かし》げた。事情は伝えてある。

正紀にしても、話がどう転がるかは見当もつかない。生まれてこの方、金や物の算段などしたことがなかった。そもそも自分以外の誰かのために、何かをするなどはなかった。

だから気負いがないわけではないが、不安もあった。自分以外の誰かのために、事の成り行きを案じるのも初めてだ。

堀川町は深川油堀《あぶらぼり》の北河岸に接した町である。安房屋は、間口六間半（約七・七メートル）の大店《おおだな》といっていい店だった。

店先に数枚の板が張られている。達筆な文字で、大名家の御用達であることを伝えていた。五枚が張られていて、その中に『高岡藩御用達』というものがあった。他にも『下妻藩御用達』があった。

「いらっしゃいませ」

敷居を跨ぐと、勢いのある声がかかってきた。

正紀は現れた初老の番頭に、高岡藩に縁のある者だと伝えた。児島や佐名木の名も出している。

「これはこれは、いつもお世話になっておりまする」

番頭は民之助《たみのすけ》と名乗った。白髪《しらが》で痩身《そうしん》だが、向けてくる眼差しはこちらを値踏みしているようだ。とはいっても、慇懃《いんぎん》な態度は崩さなかった。

「夏の折から天候がすぐれず、大雨が多い。利根川や鬼怒《きぬ》川では、水が堤を切って田を流した話を聞く。存じておろう」

「もちろんでございます」

「そこでだ。高岡藩の領地内でも、小浮村などでは次の大雨があったら、堤が切れるという状況にある。そこで安房屋に助力を頼みたいのだ」

民之助はいちいち頷きながら聞く。うまくいくのではないかと思いながら、杭二千本の助力を求めた。

「それはたいへんでございますな。そうなっては、年貢に響きます」

状況を憂うるという顔になった。そして続けた。

「分かりました。ご融通をいたしましょう。年利二割でいかがでございましょうか」

「何と」

仰天して、すぐには声も出なかった。民之助は、利息を取って金を貸そうというのである。

「いや、借りるのではない。安房屋で杭二千本を寄進してほしいという話だ」

ここははっきりさせなくてはならない。

金を借りるのでは話にならない。またそれならば、婿に入る前の正紀が、決められる話ではなかった。

そういえば佐名木は、藩はすでに商人から長い間金を借りていると言っていた。金を借りて済む話ならば、児島にしても佐名木にしても、始めからそうしているだろう。

「小浮村の米が流されては、この店の商いにも関わるであろう」

相手の立場になって言ってみた。

「もちろんでございます。しかし堤の普請は、領主様のなさるお仕事。私どもは、領主様のお指図《さしず》に従うまででございます」

あくまでも下手に出ていたが、がんとして譲る気配はなかった。

「児島様や佐名木様、あるいは勘定方の皆様は、どのようにお考えなのでしょうか」

この言葉には、おまえはよそ者ではないかという意味が潜んでいると感じた。民之助は言い足した。

「お話の趣旨は、分かりました。藩のご重役か、勘定方のお話を待つことにいたします」

こうなると引き下がらずを得なかった。

二

父の勝起は、正紀の高岡藩への婿入りについては、言葉通り早々に話を進めた。正紀が気持ちを伝えた四日後の七月十九日には、内々にではあったが縁組はまとまった。尾張藩や高岡藩井上家の本家浜松藩にも、話は伝えられた。めでたいということで、祝いの品も縁筋の家々から届けられた。

そして七月も、二十六夜の月を待つ日となった。

この日の夜半過ぎに出る月は、出てすぐに光が三つに分かれ、瞬時にしてまた一つに合わさるように見えると言われていた。人々はこれを、阿弥陀《あみだ》三尊の出現と捉えた。

実際にその光の中に、阿弥陀、観音《かんのん》、勢至《せいし》の三尊の姿が見えると唱える者も大勢いた。そしてこれを拝むと、幸運を得ることができる。と多くの人々は信じていた。

江戸では特に、二十六夜待の行事が盛んだった。

日本橋浜町《はまちょう》堀西にある浜松藩井上家の上屋敷でも、この日は二十六夜の催しがあった。これには分家の高岡藩と下妻藩から藩主だけでなく、一族や重臣が顔を合わせた。

町の者は、高台を選んでそこへ行く。しかし広大な藩邸の庭からでも、月の出はよく見えると正紀は伝えられた。

とはいっても、この年三月には、浜松藩先代藩主正定《まささだ》が亡くなっている。喪中でもあるので、本家と分家二家が集まっただけで、質素な集まりになっている。

婿入りが決まった正紀は、これには出なければならない。

「お披露目だな」

正国は言った。井上家に名を連ねる者として最初の集まりである。

これには京や児島、佐名木も同道した。

祝言が決まってから、京と顔を合わせるのは初めてだった。しかし何かを話す機会はなかった。黙礼を交わしただけである。

正紀にとっては妻になる者だが、特別な感慨は湧かなかった。夫婦になるという実感が、湧かないからかもしれない。

ただどこかこそばゆい気がした。

京も、取り立てて笑顔は見せなかった。じっとこちらを見ていたらしいが、目が合うとすぐに逸らした。

屋敷に入ると、正国に伴われて本家の当主正甫《まさもと》に目通りをした。正甫はまだ九歳、幼君だった。

「高岡藩のために、尽くせよ」

との言葉をもらい、浜松藩の重臣とも顔合わせをした。そして次は、下妻藩の藩主正棠とも顔合わせをした。

正棠は三十四歳で、中背。やや面長で、鼻筋の通った切れ者といった印象だった。利かん気の強い人物とも感じられた。浜松藩先々代藩主正経《まさつね》の四男である。本家とは、近い血筋の者といってよかった。

「高岡は、よい土地である。励んでいただこう」

年長者といった言い方をした。

この後は、児島に連れられて下妻藩の江戸家老園田次五郎兵衛《じごろべえ》と顔合わせをした。

歳は三十四で、長身痩軀《そうく》で顎がやや突き出ていた。初めて顔を合わせたとき、一瞬睨まれたような気がした。

「このご仁は、当家の国家老園田頼母と又従兄弟《またいとこ》の間柄にございます」

児島が笑顔で言った。次五郎兵衛は、それには小さく頷いただけだった。

「尾張様のお血筋、畏れ入りましてございます」

と慇懃に頭を下げた。ただその割には、畏れ入った気配は感じなかった。やや後ろに、二十代半ばとおぼしい身ごなしに隙のない下妻藩士がいた。

軽い気持ちで顔を見たが、その向けてくる眼光の鋭さに少し驚いた。

「この者は、当家の馬廻り役で瀬川數馬《せがわかずま》と申す者でござる」

次五郎兵衛が紹介した。瀬川は、目を逸らして頭を下げた。

ここへは上覧試合で不覚を取った相手の、井上正広も来ているはずだった。しかしその場には居合わせなかった。正広と会うのは気が重いが、縁戚となる以上は挨拶を交わす必要があった。

あのときは、言葉を交わすこともなかった。木刀を構え合っただけだ。

「そろそろ月の出る刻限でございまする。庭に出るといたしましょう。京様とご覧になってはいかがでござろう」

児島が勧めた。上機嫌で言っている。児島は小浮村の堤普請には、一切触れてこない。

月を待つ間、酒の席が用意されていた。正紀は京を捜して、傍へ行った。少し気恥かしかった。

「では参ろうか」

正紀は京に声をかけた。

「はい」

京はこの前のときのような、歳上ぶった態度や言い方はしなかった。とはいっても、取り立てて楽しそうでもなかった。

月の出る方向へ、一同が目をやる。闇の中に、微かな光が兆《きざ》してきた。

「ああ」

誰かが声を上げた。月が姿を現した。

正紀には光が三つに分かれたようには見えなかった。それでもほとんどの者は、両手を合わせ月を拝んだ。

正紀も拝んで目を開けると、京はまだ両手を合わせて瞑目《めいもく》していた。

空には鋭い弦月《げんげつ》が、闇夜に輝いている。じっと見ていると、しっとりとした味わいだ。

「美しい。気高い月であるな」

月の美しさをどう喩《たと》えたらよいのか分からないので、正紀は取りあえずそう口にした。

「さようですね」

瞑目を済ませた京が応じた。月の美しさに、満足した様子だった。

しばらく二人で、月を見上げていた。

「これは京様」

そこへ声をかけてきた者があった。誰かと目をやって、正紀は一瞬息を呑んだ。忘れもしない顔である。向こうも驚いたらしかった。

「まあ。正広どのと正建どの」

京は嬉しげな声で返した。正広の横には、十歳ほどの前髪を垂らした子どもがいた。正建ならば、正広の弟ということになる。賢そうな顔つきだ。

「ごけんしょうにて」

と正建は挨拶した。そして正紀にも頭を下げた。

「上覧試合では、一番になられたそうですね。さすがですね」

京は正広に向かってそう言った。そして正紀の顔を見て、はっとした顔になった。まずいことを口にしたと感じたのかもしれない。

「いやいや、勝敗は時の運で」

正広は補うように口にした。

「本日の月は、まことにみごとでございます」

ここで正建が口を出した。京はほっとした顔で応じた。

「はい。月の良し悪しが分かる正建どのはお偉い」

話題が変わって、ほっとしたらしかった。

四人で立ち話をしたのは、ごく短い間だけである。

正紀と正広は黙礼をし合ったが、言葉を交わすことはなかった。どこかに気まずいものがあった。

屋敷の客間へ戻る。宴席が続けられる。

正紀は飲めないわけではないが、あえて飲みたいわけでもない。そもそも知らない顔の者が多かった。酒を注がれる。二つ三つ言葉を交わす。

「尾張様のお血筋で。それはそれは……」

「いやいや、ご連枝様ですからな」

だから何だと言いたいが、その後の言葉は出なかった。浜松藩や下妻藩のすべてではないが、どこか本音を隠した上辺の言葉を聞かされた気持ちになった。

慇懃無礼で、歓迎されているとは思えない。

「何か、気に入らぬことでもあるのではないか」

傍にいた児島に訊いてみた。

「いやいや、そのようなことはございませぬ」

調子のいい言葉が返ってきた。

気疲れのする一夜を、正紀は浜松藩邸で過ごした。

三

翌々日の朝、風雨の音で正紀は目覚めた。建付けの悪い雨戸ではないが、かたかたと音を立てていた。それが止まらない。

「野分でございますな。道場へ行くのは、お考えになったほうがよろしいのでは」

洗面を済ませたところで、植村が言ってきた。藩邸内にも道場はあるので、正紀はそこで稽古をした。連子窓《れんじまど》の隙間から、風雨が吹き込んでくる。それを雑巾で拭きながら稽古を続けた。

それでも昼過ぎになると、雨風が収まってきた。

「芝《しば》では積み過ぎた荷が崩れて、怪我人が出たそうでござる」

「嵐の折には、積荷は気をつけねばなるまい」

家臣がそんな話をしていた。それで山野辺はどうしているかと案じた。稽古は屋敷内で済ませたが、与力はあの風雨の中でも町廻りをしたのだろうと考えた。

そしてさらに正紀は、小浮村のことが頭に浮かんだ。大きな風雨があったら、村の堤は切れるかもしれない。必死の形相で伝えてきた中彦の言葉は、今も耳の奥から消えていない。

堤普請のための杭の調達は、喫緊《きっきん》の課題といえた。

高岡藩の御用達である深川の安房屋には、相手にされなかった。そこで正紀は、藩の年貢米を輸送する船問屋や、衣服や布を扱う呉服《ごふく》屋や太物《ふともの》屋なども当たったが、体《てい》よく断られた。

万策尽きた気持ちになっていたから、佐名木に助言を得たいという気持ちもどこかにあった。佐名木は児島のように、おべんちゃらは口にしない。きついことも口にするが、なるほどと納得できることを言う。また二十六夜の折に、浜松藩で一部の者から感じた歓迎されているとは思えない態度物言いについて、意見を聞いてみたい気持ちもあった。

夕暮れどきになると、雲の間から眩しい日さえ差してきた。

「高岡藩邸へ行くぞ」

植村を供にして、正紀は竹腰屋敷を出た。

藩邸で正紀を相手にしたのは、佐名木だけではなかった。児島も姿を現した。正紀の婿入りについては、話がまとまっている。だから姿を現したらしい。

「杭の二百本は、調《ととの》いましてござる。明日明後日にも国許へ送りまする」

小浮村の話をすると、佐名木が答える前に児島が言った。いかにも自分が手配したような口ぶりだ。

佐名木の労を、あたかも己がしたかのように言っただけではないかと正紀は感じた。ただ佐名木は、黙って聞いているだけだ。

「残り千八百本の杭を得る手立てはないか」

正紀は二人に問うたが、児島も佐名木も、明確な案があるわけではなさそうだった。分家とはいえ家を立てた以上、本家の浜松藩にも依頼はできないと佐名木は言った。

「それはその通り」

正紀にしても、異存はない。そこで児島が、目を輝かせて口を開いた。

「あなた様は、貴い尾張徳川様のお血筋でござる。御本家はもちろん、ご援助をくだされる縁者は、いくらでもいらっしゃるのではござらぬか」

貴い尾張徳川様に力を入れている。またしても他力本願なことを口にした。自ら手を汚す気は毛頭ないが、頼る気だけは目顔や言葉から溢れんばかりに感じられた。

引き受けたと言いたいところだが、父からも兄からも、助力はしないと告げられている。今尾藩でさえそうならば、他の藩は推して知るべしと思われた。

「いやいや、ご検討くだされませ」

言いたいだけのことを口にすると、児島は引き上げて行った。

佐名木と二人だけになったところで、正紀は浜松藩邸で感じた違和感、歓迎されてはいないのではないかという気持ちについて問いかけた。

「ほう。そのようにお感じなされましたか。さすがに正紀様は、鋭いですな」

鋭い、などと言われたことは一度もなかった。ましてそれを佐名木から言われるとは思わなかったが、口ぶりからすると、褒めたわけではなさそうだ。

「何かありそうだな」

「いかにも」

一つ大きく頷いてから、佐名木は言葉を続けた。

「御本家や下妻藩、いや当家におきましても、尾張徳川家の血が入ることを快く思わぬ者がおりまする」

「そ、そうか」

もしやとは思っていたが、はっきり言われると胸に響くものがあった。

「今の殿である正国様は、高岡藩の六代目となります。五代目までは、井上家の血を引く方が当主となっておりました」

「叔父上だけが、外から来た婿だというのだな」

「はい。一部の者は、本家もしくは分家の下妻藩から婿を取るべきだと考えました。しかし適当な方が一族の中にいなかったことや、尾張徳川様からの申し出もあり、お受けすることになりました」

「尾張藩の意向を、断れなかったわけだな」

「そう受け取った者もございます。しかし正国様は、大坂定番をお務めになり、奏者番にとの声も上がるほどの能吏でござる。国許の事情には詳しくないが、将軍家のもとで、藩の面目は保たれております」

「では婿に入って、良かったとしているわけだな」

「多くの者は、そう考えております」

佐名木の言葉を聞くと、いまだに一部の者は不満を持っていると聞こえる。

「ならばおれの婿入りも、気に入らない者がいるわけだな」

当然のことだと思われた。

「正国様のときは仕方がなかった。しかし次の代は尾張藩絡みではなく、井上家の中から藩主を迎えたいという者がおりまする。下妻藩の江戸家老園田などは、その考えの持ち主でござる」

「なるほど」

その気持ちは、分からなくはなかった。二代続けて尾張藩の血筋の者が入れば、井上家の血筋はどうなるのかと不満が残るだろう。

「殿の命《めい》では、家臣は逆らうことができませぬ。背後には御三家筆頭の尾張藩がついておりますからな。取りあえずは受け入れるしかござらぬ。しかし本音では面白くないので、先日の二十六夜の折には、それが物腰に出たのではないかと思われまする」

高岡藩内や井上一門に、自分の婿入りを気に食わぬと思っている者がいる。面倒な話だと嫌気がさした。どうしても、高岡藩に婿入りをしたいわけではない。

「ならばこの話、なしにしてもよいぞ」

とロにしていた。

すると佐名木は、冷ややかな眼差しを向けてきた。

「先日の二十六夜は、内々のお披露目でござった。それが済んだ今になって、反故《ほご》にはできますまい。お上へも、すでに届を出しております。じきにお許しが出るはずです。ここで破談となれば、あなた様の今後に傷がつきまする」

意気地なし、と言われたような気もした。

「殿は、拙者と児島殿に、戸賀崎道場へ行って稽古の様子を見てくるように仰《おう》せられた。上覧試合で負けた後、どのような稽古をするか。そこが気になったものと思われまする」

「それでどうだったのか」

「真摯《しんし》な稽古ぶりでございました。またこちらの助言を素直に受け入れて、一つ上達をなされた。前向きに物事に当たる方だと、拝察いたしました」

「そうか」

あのときの指導は、的を射たものだった。だから自分は、それに従うことができたのだ。児島はともかくとして、佐名木には認められたのだと思うと不快ではなかった。

「では園田らは、誰を高岡藩の後継ぎに据えたいのか」

と聞いてみた。聞いてどうしたいという意図はないが、事情を耳にした以上知っておきたかった。

「正広様でござる」

「まさか」

これは魂消《たまげ》た。よりによって、上覧試合で負けた相手だとは……。

それに腑に落ちないこともある。正広は、下妻藩主井上正棠の長男である。

「ご不審はもっともでござるが、これには事情がござる」

正紀の疑問を察したように、佐名木は応じ、そのまま続けた。

「正広様は、ご長男様ではありますが、まだお上には嫡子としての届け出がなされておりませぬ」

届が出ていなければ、長男であっても跡取りとして認められない。

「なぜか」

「正広様は、ご正室様がお産みになったお子でござる。しかし正棠様とご正室様は、折り合いが悪うございましてな。したがって正広様とも、うまくいっておりませぬ」

弟の正建は、側室が産んだ子で、正棠はその子の方を寵愛している。

「正広殿を外に出して、正建殿を後継ぎにしようというわけだな」

「さよう。正棠様と正広様の不仲に乗じて、園田殿が企んだ話でござる」

「できるのか、そのようなことが」

「正棠様が反対をしなければ、何の問題もござらぬ。ただ高岡藩の後継ぎを決めるのは、正国様でございまする。正紀様に大きな失態でもない限り、正広様の話を進めることはできませぬ」

「なるほど」

正広に、どこか暗い印象があったが、その理由が分かった気がした。

それにしても、面倒な御家の事情に足をつっ込んだと後悔した。しかしもう、後戻りはできない状況になっていた。

四

野分が通り過ぎた後は、晴天が続いた。暦は八月になった。心地よい秋の日差しとなっている。そんな中で、町へ出た植村が噂話を仕入れてきた。

「先日の野分のせいで、利根川や鬼怒川では増水をして、堤が切れた場所があったようです」

「何だと」

心の臓がどきんと跳ねた。申彦は、今のままではいずれ堤は切れると言った。その言葉が耳の奥で響いている。

自分では、杭を調える手立ては何もできていないが、ともかく小浮村がどうなったかは気になってならなかった。藩邸へ行けば、状況は伝えられているはずである。そこで植村と下谷広小路の高岡藩邸へ佐名木を訪ねた。

「小浮村では、小さな決壊はあったようです。しかし申彦らは、かねて用意をしていた土嚢を積んで、事なきを得たようでござる」

正紀の問いかけに、佐名木は応じた、

「それはよかった」

と口に出して言ったが、事が解決したわけではないのは分かっていた。今回はどうにか難を逃れることができた、というだけの話である。杭で支えない土嚢は脆《もろ》い。次次に水に流されたらしい。その危うさが明らかになっただけだと思われた。

野分の季節は、まだ当分終わらない。

「やはり、杭を打っての土留めが必要だな」

「いかにも。そこでそれがし、当家の年貢米を扱う安房屋に申して、杭六百本分の金子を出させることにいたしました」

「そうか」

これは驚いた。先日正紀が出向いたときには、安房屋はにべもなく断ってきた。あのときの民之助と名乗った番頭の顔は忘れない。

佐名木がどう迫ったか分からないが、杭の金を出すならば、自分は子どもの使いのようなものだった。

「金は、すべてを出させたわけではございませぬ。半分の三百本分で、あとは年利一割の利息で借りる話でまとめました。堤が切れれば、水浸しになるのは小浮村だけではない。安房屋にも大きな損害になることを伝えたのでござる」

正紀もそう告げたつもりだ。しかし佐名木の方が念入りに、脅したりすかしたりしたのだと推量した。

ともあれ佐名木は、児島のように座視していたわけではなかった。

「杭は調い次第、高岡に送り申す」

心強い言葉だが、事はまだ解決していない。刈入れまでに、またもや大雨があったら、どうなるか知れたものではない。

高岡藩は飢饉といってよい状況に陥るだろう。

「収穫を早められぬのか」

「無理ですな。実り切らぬ稲を刈って、何の意味がありまするか」

とんでもないという顔で応じられて、返す言葉はなかった。稲の生育についても、自分は分かっていないと気付かされた。

ともあれできることはしなくてはならない。

「わかった。おれも当たってみよう」

何か当てがあったわけではないし、前にも同じようなことを口にしている。しかし佐名木は、何も言わずただ頷いた。

「このままでは、ただのお調子者になる」

佐名木にそう思われるのは癪《しやく》だった。

それで正紀は腹を決めた。思い当たるいくつかの縁者のところへ、行ってみることにしたのである。

父や兄には断られているので、叔父の内藤政脩を訪ねることにした。日向延岡藩七万石の当主になっている。父の兄妹の中では、一番石高の高い家に婿として入っていた。

用立てなければならない残りの杭は、千二百本だ。兄の睦群は、延岡藩の財政は厳しいと言っていたが、その程度は藩主の一声でどうにでもなるのではないかという気もした。

政脩とは、尾張藩邸で何度か会っている。今年の正月には、遊びに来いと言われた。延岡藩上屋敷は、虎御門《とらごもん》内にある。高岡藩邸を出て、さっそく叔父を訪ねた。

叔父甥の仲とはいっても、相手は七万石の当主である。門前払いこそされなかったが、目通りするのには、一刻（二時間）以上待たされた。

「よく来たな」

現れた叔父は、不機嫌な様子には見えなかった。父よりも一回り以上歳若のはずだが、多少老けて見えた。

一応歓迎してくれたようだ。

しかし遊びに来たわけではないので、正紀の心の臓は高鳴っていた。ものを頼む、しかもそれなりに金子のかかることを頼むのである。緊張はあった。

部屋の隅に小姓とおぼしい家臣がいるだけなので、高岡藩への杭の寄進を依頼した。当然事情を伝えた上でである。

すると叔父の顔は、見る見る渋いものになった。

「珍しく訪ねてきたと思ったら、金の無心か」

「はあ」

「当家はな、明和《めいわ》の折から藩士に対して半知借上を行っているのだぞ。先代からの、十万両の借財は消えてはおらぬ。どうやって杭千二百本の金を出すというのか」

まるで叱られているようだった。睦群からも聞いたが、輪をかけて財政が厳しい様子だった。

「藩主となるとな、それはもうたいへんだ。その方は高岡へ行くそうだが、腹をくって行かねばならぬぞ」

寄進の話どころではなかった。ほうほうのていで、正紀は延岡藩邸を逃げ出した。

「はて。どうしたものか」

このままでは、どうにもならない。千二百本の杭の重さがずしりと肩にのしかかった。

「大名家などといっても、たいしたことがないではないか」

と、やけくそな言葉も口から漏れた。

「府中藩は、いかがでございましょうか」

黙って聞いていた植村が、いきなり言った。府中藩松平家二万石へは、叔母の品が正室として嫁いでいる。

「叔母の口から、藩へ頼んでもらうわけだな」

悪い手立てではないと思われた。少し狡いが、情に訴えようと考えた。

品は正紀がまだ幼い頃、菓子の進物を届けてくれたことがあった。祝い事や法事などで会えば、いつも声掛けをしてくれた。

そこで小石川伝通院《こいしかわでんづういん》に近い、府中藩上屋敷へ足を向けた。

ここでは待たされることもなく、叔母と対面することができた。

「いかがなされた。何か、頼み事でもあるのか」

向こうから問われた。

「ははっ」

叔母への御機嫌伺いをした上で、正紀は来意を伝えた。

「あはは」

話を聞き終えた叔母は、声を上げて笑った。いかにもおかしそうだった。

「そなたがそういうことを口にするようになったのは、何よりじゃ。成長したということじゃからな」

「では、杭は」

話を聞き終えても機嫌が悪くならないのは、脈ありだと感じ、片膝が前に出た。しかし返答はあっさりしたものだった。

「それはなりませぬ。高岡藩のことは、当家ではあずかり知らぬこと」

「さようで」

期待した分、落胆は大きかった。体から力が抜けたのが分かった。

「そなた、子どもの折よりすぐに心の内が顔に出るな」

と品は慈しみのある声で告げた。金は出せないが、自分への何かしらの厚意はあるらしかった。さらに言葉を続けた。

「ならば宗睦さまを頼ってみてはいかがか」

「ええっ」

仰天した。叔母は尾張藩当主の伯父を頼れと言ったのである。簡単には、頷くこともできない。いかにも畏れ多い。

「あのご仁は、話の分からぬお方ではないぞ。そなたが誠意を込めて話をすれば、あるいは力になってくださるやも知れぬぞ」

「いや……」

すると叔母は、文《ふみ》を書いてやろうと告げた。腰元を呼び、紙と墨を運ばせた。正紀が見ている前で、徳川宗睦宛ての書状を書いてくれたのである。

五

「いくらなんでも無理だろう」

叔母品が書いてくれた宗睦宛ての文を握りしめて、正紀は思った。気持ちは極めて重い。足はすくみそうだった。伯父とはいっても、幕政に口出しができる特別な存在だ。

「どうしますかねえ」

植村も、気の進まない返事をした。

「しかし、他に手立てはないからな」

叔母の文があることだけが、せめてもの救いだった。

行かなければ、結果はともかく、叔母の厚意を無にすることになる。

気は進まないが、正紀と植村はとぼとぼと歩いて、市ケ谷の尾張藩上屋敷の門前に

辿りついた。

長屋門はどこまでも続く。敷地は添え地を合わせると五万坪にも及ぶ。今日足を運

んだどの大名屋敷と比べても、桁違いの広さといってよかった。聳え立つような、壮

麗な門だ。

正紀は一門の者だから、粗末には扱われない。屋敷の主だった家臣は、顔を知っている。

重厚な門が開かれた。大きく息を吸い込んでから、足を踏み入れた。

長い廊下を歩かされて、東御殿内中奥の、庭に面した部屋へ通された。太い柱と意匠を凝らした欄間《らんま》、襖には一面に萩《はぎ》と桔梗《ききょう》の墨絵が描かれていた。

植村はこれまでと同様に、門番所脇にある建物の中で待つ。

一室はあてがわれたが、茶は運ばれない。会えるのか会えないのか、それさえ分からなかった。ただ待たされた。

一刻が過ぎ、さらに半刻（一時間）が過ぎた。その間に、薄闇が庭を覆い始めた。

秋の日は釣瓶《つるべ》落《お》とし、朱色の西日がくすみを帯びた頃、ようやく足音が聞こえた。

「ああ、現れた」

と思って、正紀は両手をついて頭を下げる。だが現れたのは、宗睦ではなかった。

「こ、これは」

裃姿の侍である。尾張藩付家老の兄睦群だった。

兄が現れても、不思議とはいえない。そこまで気が廻らなかった自分は愚かだと思った。

「何をしに参ったのか」

睦群は半ばあきれた気配も残し強い口調で問いかけてきた。正紀は叔母品の文を携えて、杭の寄進を依頼しに来たことを伝えた。

「まだそのようなことを申しているのか」

怒気のこもった声だった。内藤家や松平家へ行ったのも、気に入らないらしかった。

「そもそも御宗家に無心をしようなど、何という了見か。恥を知れ」

と告げられた。

さらに兄は何か言い募ろうとしたらしかったが、また廊下から足音が聞こえた。兄は言葉を呑み、慌てた表情になった。

現れたのは、伯父の徳川宗睦である。

正紀はここで、両手をつき額を畳に近づけた。叱りつけられた後でもあるから、心の臓は重く冷たい動きになっていた。

「用件を申せ」

腰を下ろした宗睦は、すぐにそう言った。時がない、ということだと正紀は理解した。

叔母の書状を差し出し、高岡藩の堤普請のために杭千二百本を用立ててしてほしいと伝えた。初めは声が掠れたが、話し始めたら腹が据わった。話す以上は、精いっぱいの思いを伝えようと考えた。

宗睦は、終わりまで話を聞いた。話しているときは夢中だったが、終わったところで、しゃべり過ぎたのではないかと気になった。自分は、調子に乗ることがある。

宗睦は叔母の書状を手に取った。読み終えると、兄に手渡した。そして正紀に顔を向けた。歳は五十代半ば、眼光には力がこもっている。

名君として誉れの高い人物だった。

「その方は、高岡藩へ婿に入るわけだな」

「さようでございます」

「正国が求めたのであろうが、その方も望んだというではないか。その真意を述べてみよ」

宗睦は、関心があるという顔を向けてきた。

「それは……」

本音を言えば時の勢いだが、それは言えない。そこで高岡屋敷へ赴いた折、門前で申彦という百姓と出会った話をした。あの出会いは大きかった。あれがなければ、違う判断をしていたかもしれない。

「百姓と交した約定《やくじょう》を、守りたいというわけだな」

「はい」

「なぜこだわるのか」

睨みつけられた気がしたが、怯んではいけないと己を奮い立たせた。

「田と百姓は、御家の礎《いしずえ》でございます」

日頃は考えもしないことを口にしていた。自分でも驚きはしたが、口にした中身は間違っていないと思った。

「あそこは、厄介な藩だぞ」

宗睦は言った。具体的なことは口にしないが、それは前に佐名木から聞いていた。すでに藩士や井上家一門に接して身に染みてもいる。

「ははっ」

ただ両手をついて頭を下げた。覚悟はしていると告げたつもりだった。

「あい分かった。ならば高岡藩にではなく、その方に杭千二百本を餞別《せんべつ》として与えよう」

宗睦はそう告げると、席を立った。振り向くこともなく、部屋から出て行った。

緊張が途切れて、ふうとため息が出た。それでも伯父の声は、はっきり耳に残っている。

喜びが湧いたのは、伯父の足音が聞こえなくなってからだ。伯父甥とはいっても、まともな話をしたのは初めてだった。これまでは、その他大勢の中の一人として挨拶をしただけである。

部屋に残ったのは、兄と正紀だけだ。

「お気持ちを、無下にしてはならぬぞ」

「はっ、かしこまってございます」

兄も認めてくれたのはありがたかった。

「宗睦様は熱田《あつた》での開墾のために、治水には力を入れておられた。その思いと重なるものがあったのやも知れぬ」

尾張藩の新田開発において、宗睦は実績を残している。

「それにな、その方の覚悟についてもお聞きになられた。返答を、よしとしたのであろう。高岡藩にではなく、その方に与えるとしたのが何よりの証だ」

「ははっ」

「覚悟ができているのならばそれでよい。ただ初仕事だからな、高岡藩の者は、いや浜松藩や下妻藩の者も見ているであろう。もちろん宗睦様もだ。しくじってはならぬ」

言い方はきついが、身に染みた。

「杭の手配ができたからそれでよし、とはするな。人に任せず、己の目で確かめ手を加え、得心のゆくようにいたせ」

背負わされた責はずんと肩に重く感じた。

「かしこまりました」

兄は自分を一人の侍として、遇してくれていると感じた。光栄だが、どこか心細い気もした。

そして自分はもう、これまでの自分ではないのだと我が身に言い聞かせた。

六

翌朝、正紀はさっそく高岡藩上屋敷へ足を向けた。

「市ケ谷のお屋敷へ行ってよかったですね。さすがは宗睦様だ。正紀様のお気持ちも伝わったのだと思いまする」

供の植村は、しきりに宗睦と正紀を誉めたたえた。

杭は、尾張藩御用達の材木問屋で調達させる。支払いは尾張藩が行う段取りだ。杭の材質にはこだわらなくていいと伝えられている。

高岡藩の門番は、正紀の顔を見ただけで門扉を開いた。佐名木を訪ねたのだが、通された部屋には児島も姿を現した。

「ということで、杭千二百本にかかる費えは、尾張の宗睦様がお出しくださることになった」

と正紀は二人に伝えた。

「さ、さようで。尾張様は当家のために」

児島は満面の笑みを浮かべた。

「高岡藩のためではないぞ。拙者への餞別としてくだされたのだ」

「いやいや、それはそうでござろうが……。当家の役に立つものでござる。これからも折々お願いをいたさねばならぬことも出てくると存じます。どうぞ末長く、お力添えを賜りたく」

大仰に頭を下げた。児島の言葉は、いかにも軽い。「折々お願いをいたさねば」のくだりでは、正紀も息を呑んだ。

「ならば急ぎ、手を打つことにいたしましょう」

佐名木は児島にはかまわず、話を進めようとした。次の野分は、いつ来るか分からない。一刻も早い対応が必要だ。

すでに八百本の杭材は確保したが、その中には古木も交っている。

「新たなものは、堅固な材を選ばなくてはなりますまい。また千二百本の杭となると、輸送の手立ても図らなくてはなりませぬな」

運搬にかかる費えは、尾張藩では出さない。その金は、高岡藩が負うことになる。児島は続けた。

「では拙者は、正紀様のお供をして材木問屋へ参るといたそう。佐名木殿は、輸送の手立てと金子の方をお頼みいたす」

たいへんな方を、佐名木に押し付けたのである。

さっそく正紀と植村、それに児島と供侍一人の四人は、日本橋本材木《ほんざいもく》町五丁目にある材木問屋木曾《きそ》屋へ行った。楓川《もみじがわ》に面した店舗は間口六間で、その横には広い材木置き場があった。

荷運びのための船着場もついている。何人かの人足が、荷船の到着を待っていた。

「番頭ではなく、主人を出せ。我らは尾張家の御用で参ったのだぞ」

児島は傲岸《ごうがん》な物言いで、現れた番頭に告げた。尾張藩の威光を笠に着た態度には、てらいも躊躇《ためら》いもない。その振る舞いには、正紀も畏れ入った。

「ははっ。少々お待ちを」

通されたのは、店の奥にある客間だった。

主人は四十代半ばの日焼けした男で、それに初老の番頭も同席した。茶菓が運ばれている。

児島は正紀を尾張宗睦の甥で今尾藩の若殿だと、仰々しく伝えた。その上で自分は高岡藩の江戸家老だと話した。堤普請のために杭千二百本が必要だと申し出たのである。

「なるほど。ただ杭丸太と申しましても、樹種や太さ、長さや先付や皮むきなどをしたものかどうかで、品も値も変わります」

先付とは、末口をとがらせて地面に刺さるようにしたものをいうと、正紀は説明を聞いて初めて知った。

「値は高くてもかまわぬ。尾張藩が払うのだからな」

児島はおおように言った。日頃のけち臭さは、微塵《みじん》も感じさせない。

「質のいい、檜葉《ひば》や檜《ひのき》でどうか。先付をした上でな」

といい足した。

「それはもう、どのような樹種でもご用意いたします」

「うむ、だがどうか。檜葉や檜を使ったことにして、同じ値で質をやや落とし、数を増やすという手もあるな。佐名木や国家老の園田らは驚くぞ」

杭の数が増えれば、自分の功績になるという言い方にも受け取れた。

ここで正紀が口を出した。

「杭は、堤の普請に使うものだ。数は多いに越したことはないが、それよりも水に強いものでなければならぬ。長持ちをさせるためにはな」

これは譲れないことだ。

「ならば皮を剝いたものがよかろうと存じます。腐りにくくなりますゆえ」

「よし。では檜でそれをいたそうか」

番頭の言葉に、児島が応じた。

「他にも、堅牢なものがございます。樹種は杉でございますが」

「杉では脆かろう。安価で数が増えるならばよいが」

主人の言葉を、児島は嘲笑《あざわら》うように言った。

「いえ杉をそのまま杭にするのではありません。焼き入れをいたします。すると一気に堅牢な材質になりまする。水車材に使うものでございます」

「ほう」

正紀は感心して聞いた。素人では分からないことだ。

水車は常に水に触れている。それでも朽ちにくいものならば、堤には適材ではないか。

「ただ手間がかかります。在庫があればよろしいのですが」

杉材ならば、檜葉や檜よりは安い。ただ焼き入れの手間がかかるので、価格は同じくらいになると告げられた。

「焼き入れを済ませた杉材が、すぐに手に入る場所はないのか」

材木問屋ならば分かるだろう、と踏んでの問いかけだ。正紀の気持ちは動いている。

「少々お待ちを」

番頭は部屋を出ると、一冊の分厚い綴り帳を持ってきた。指を舐めて、紙をめくった。

「下野国阿久津《しもつけのくにあくつ》河岸ならば、すでに数百本はあると思われます。足りない分については、急ぎ作らせるということで」

阿久津河岸は鬼怒川の上流で、奥州《おうしゅう》街道氏家《うじいえ》宿に近く、陸路水路の要衝だと教えられた。

会津《あいづ》藩や白河藩などの奥州南部諸藩の廻米や物資輸送のために、会津西街道、原《はら》街道、会津中街道が整備された。これらの物資は、氏家宿に集められ阿久津河岸へ運ばれた。そこから鬼怒川を下って、大量の物資は水上輸送された。阿久津河岸は、江戸と奥州を結ぶ文物交流の中心地だという。

「阿久津からならば、できた杭を鬼怒川と利根川を使えば、一日で運べます。輸送にも都合がよいでしょう」

「すべてが出来上がるのに、いく日かかる」

「知らせを出さねばなりませんから、すぐにかかるにしても、四日は必要かと思われます」

「分かった。ではそういたそう」

悩むことはなかった。堅牢な杭が手に入っても、輸送に手間取っては意味がない。鬼怒川水運には疎い正紀だが、主人や番頭の言うことは理解できた。土地勘があるはずの児島も、反対はしなかった。

「氏家宿には、白沢《しらさわ》屋という材木問屋があり、下野や奥州からの材木を仕入れております。さっそくに人をやり、千二百本の先付をした焼き杉の杭を調えます」

これで話はまとまった。

木曾屋を出て、正紀は児島に伝えた。

「阿久津河岸へは、おれも行くぞ」

「はあ、さようで」

魂消たような顔を向けてきた。児島にしてみればこれで役目は終わった気持ちかもしれないが、正紀はこれからだと思っている。兄からも「得心のゆくようにいたせ」と言われていた。

「引き取りには当家から人を出しますが」

「うむ。その者と共に、出向くといたそう」

きっぱりとした口調で告げているから、児島は反対しなかった。

阿久津河岸から鬼怒川を下り、利根川べりの高岡河岸に至るのである。初めての土地に、胸が躍った。

高岡藩は定府大名だから、藩主は簡単には国許へ戻れない。下手をすれば、一度も領地を見ないままに世を去る大名もいる。今のうちに見ておきたいという気持ちも強かった。

「しかしご次男とはいえ、大名の御子息が江戸を出るのは届がいるのでは」

児島は慎重なことを口にした。

「分かっておる。まあそれは何とかしよう」

兄は「己の目で確かめ手を加え」るようにしろと言っていた。この件については、力になってもらえると思った。

楓川に沿った道を歩いて、江戸橋の袂《たもと》に出た。橋の向こうに商家が見える。醤油問屋で、店先には仕入れたばかりらしい醤油の樽が積み上げられていた。

十手を手にした若い羽織姿の侍が、番頭相手に何か言っていた。

「あれは山野辺ではないか」

「はりきっていますね」

正紀の言葉に、植村が応じた。

児島らとは別れて、正紀と植村は山野辺の近くへ歩み寄った。

「がたがた申すな。早々に、積み上げた樽を下ろせ。崩れたらなんとする」

番頭に厳しい言葉を浴びせている。渋々といった顔で、番頭は小僧を呼び、積み上げた樽を降ろさせた。

「たいへんだな。おまえのお役目も」

醤油問屋とのやり取りが済んだところで、正紀は声をかけた。

「見ていたか。目を離すとすぐにあれだからな」

腹立たし気に言ってから、山野辺は頷いた。

「高岡藩の方はどうだ」

「いろいろとあってな」

ここで杭の調達にあたっての、大まかな話をした。山野辺は驚きの面持ちで正紀の話を聞いた。

「そうか、阿久津河岸から高岡まで行くわけだな。見聞を広めるのは、よいことだ。おれも行きたいぞ」

と応じた。これには傍らにいた植村も、大きく頷いた。

七

山野辺はさらに浜町河岸のあたりも廻ると言うので、江戸橋の袂で別れた。今尾藩上屋敷へ向かうつもりでいたが、後についてくる植村が、急に声掛けをしてきた。道々、何か考えていたらしかった。

「それがしも、阿久津河岸へ同道させていただけませぬか」

と言った。植村は今尾藩の家臣だから、高岡藩のために江戸を出ることはできない。それを踏まえた上での申し出だった。

「どうなるか、気になります。お役に立ちたくも存じます」

そう言い足した。

「なるほど」

植村とは気心が知れている。また何かの折には、相応の働きをするだろうことも分かっていた。正紀にしても、喜ばしい申し出だった。

だとすれば、まずは高岡藩に話を通しておかなくてはならない。

そこでもう一度、下谷広小路の上屋敷に足を向けた。

佐名木は先に戻った児島から、木曾屋での話について報告を受けていた。その場には正国もいた。正紀が通されたのは、藩主の御座の間だった。

「話は聞いたぞ。決めた通りに、事を進めるがよい」

正国は言った。さらにわざわざ訪ねた理由も問われた。

「されば」

正紀は、阿久津河岸行きについて、植村を同道させたい旨を伝えた。

「それは何のためか」

と返されて、正紀は少し困った。植村が望むからでは理由にならない。供侍とするならば、高岡藩の藩士が付くべきだと言われるかもしれない。

「あの者は申彦と出会ったときから、この件には関わっております。役に立ちたいという気持ちも強く、伴えば必ず役に立つと存じます」

と伝えた。

「いや、それには及びますまい。人が増えれば、費えがかかりまするゆえにな」

さっそくいらないと口にしたのは、児島だった。木曾屋ではおおようなことを言ったが、こちらが金を出すとなるとにわかに吝《しわ》くなる。

「そうだな」

正国は考え込んだ。そのとき佐名木も、何か思案している様子だったが、ここで初めて口を開いた。

「植村仁助の家禄は、三十五俵でございましたな」

「いかにも」

いきなり何を言い出すのかと、正紀は佐名木を見返した。

「いかがでございましょうか。その者を、同じ禄にて当家で召し抱えては」

正国に対して、佐名木はさらに言葉を続けた。

「長く正紀様に従ってきた者でございまする。当家に婿入りいただくならば、ご世子様の片腕となって奉公をするのではござらぬか」

「ま、待たれよ。当家には、新たな者に禄を与えるほど、ゆとりはございませぬぞ」

と児島が口出しをした。たとえ三十五俵であっても、高岡藩では出せないと告げたのである。

「米は、当家を伸ばすために使うのでござる。三十五俵は、捨扶持ではござらぬ。正紀様、いかがでございまするか」

「も、もちろんだ」

思いがけない成り行きだが、反対する理由はなかった。正紀が働くために都合のよい状況を調えようとしてくれているのだと察した。

これで佐名木に対する見方が、ずいぶん変わった。

「そうだな」

正国は、受け入れてもいいという様子を見せ、小さく頷いた。

「ただ当家だけのことではないゆえ、今尾家とも相談をしてみよう」

ということになった。植村を阿久津河岸へ伴うかどうかについても、打ち合わせが行われる。

話が済んだところで、正紀は御座の間を出た。廊下で、先日の浜松藩邸で顔を合わせた下妻藩士とすれ違った。

「これはこれは正紀様。この度はご活躍のご様子で」

立ち止まって挨拶した。杭千二百本の話については、すでに屋敷中に広がっているようだ。

「いやいや」

当たり障りなく応じて別れた。

玄関先まで出たところで、小姓衆の一人が追いかけてきた。

「京姫様が、お茶を点《た》てたいとおっしゃっておいでです」

と告げた。

断る理由はない。中奥の庭先にある茶室へ赴《おもむ》いた。

六畳の茶室で、床の間には一輪の紫がかった桔梗が生けられていた。部屋の隅に置かれた風炉が、湯の音を立てている。客は他にいない。

正紀は正客の位置に腰を下ろした。若い腰元が菓子を運んできた。

待つほどもなく、再び襖が開かれた。水差しを手にした京が部屋へ入ってきた。衣擦れの音が、狭い部屋の中で耳に響いた。

身に付けている着物も、桔梗柄の上物らしかった。髪には意匠の細かな銀簪を挿している。

「今日は、祝言の折の髪飾りを見ました」

京は、まずその話をした。楽しかったらしい。

「どのような」

「鼈甲でございます。どれも見事なものでございました」

「そうか」

髪飾りについての知識は、正紀にはない。ただ鼈甲が高級品であるのは分かっていた。杭の代も出ない高岡藩だが、その金は出るのかと正紀は思った。

「一生に一度のことゆえ、念入りに選びたいと存じます」

「そうだな」

気のない返事になったのが、自分でも分かった。京は傲慢ではないが、藩の財政状態を理解していないのだと察した。

茶筅《ちゃせん》の音が響いて、香ばしい薄茶のにおいが漂ってきた。

「どうぞ」

差し出されたのは黒の楽茶碗で、中の緑が際立って見えた。

「いただきまする」

手に取って啜《すす》った。味わいのある一服だった。

「私は数日のうちに、高岡へ参る」

「どのようなご用で」

驚いた様子で問いかけてきた。

「このところの長雨で、利根川の水位は相当に上がっているようだ。さらに大雨が降れば、堤が切れるかもしれぬ。そこで堤普請をしたいが、藩には金がない。まあそういうわけで、杭千二百本を用意した。それを鬼怒川の上流で受け取り、高岡へ運ぶのだ」

「まあ」

初めて耳にしたという顔だった。

「小浮村をご存知か」

「いえ」

小首を傾げた様子は愛らしいが、国許の事情には疎いらしかった。

「稲が激流に流されては、藩士領民が困るからな。万全を期さねばならぬ」

正紀は気持ちをこめて言ったつもりだったが、京の反応はあっさりしていた。

「国許のことは、国許の者に任せればよいのでは」

かえって不思議そうな顔をした。

「そうではなかろう」

返答に不満はあったが、正紀はやんわり返した。京に悪意はないと思うからだ。児島のような狡さも感じない。知らないだけだ。

正紀は、藩邸前で申彦に会った話をした。

「申彦は田を守るために、命懸けになって江戸へ出てきた。そういう百姓がいるから、年貢は得られる。佐名木は藩を、申彦は稲を守ろうとしているならば、婿に入る者として知らぬ顔はできまい」

児島のように、他人事にはしていないぞと言いたかったが、それは呑み込んだ。

京は言い返しはしなかった。ただぽかんとした顔で、正紀の顔を見ているだけだった。

第三章　消えた杭

一

赤坂にある今尾藩上屋敷の中奥、藩主の御座の間に勝起と正国が向かいあって座っていた。庭から小鳥の囀《さえず》りが聞こえる、秋の昼下がりである。

微風があって、庭の芒《すすき》が揺れていた。

「小浮村および利根川に接する村の堤普請については、用意が調ったとの知らせが本日届きました」

「そうか。ならば正紀も、いよいよ江戸を出ることになるな。あの者には、睦群のような思慮や落ち着きはないが、覇気《はき》はある。見聞を広めさせることで、睦群とは異なった働きができるであろう」

正国の話に勝起が応じた。

「さようで。それでお上より、江戸を出るお許しは出たのでしょうか」

「うむ。届けて三日もかかったが、どうにかかな。兄上にも口添えをいただいた」

兄上とは、宗睦を指す。

「尾張様の御威光ですな。まあこの程度ならば、訳もないことでござろう」

正国は含み笑いをした。正紀は次男坊である。睦群が江戸を出るよりも、届は通りやすい。

「そこで植村については、いかがいたしましょうか」

処遇については、まだ決まっていなかった。ただ阿久津河岸へ伴うのは、問題なかった。祝言を挙げる前ならば、正紀は竹腰家の者だ。側付の家臣を伴うのは、おかしなことではない。

「植村はただ体が大きく、取り柄は膂力だけだ。藩に残したからといって、さして役に立てるとは思えぬ。しかしあやつ、正紀が幼かった折より側付として従ってきた」

「四、五年ほど前でしたか、植村はしくじりをしたそうですな」

「いかにも。あやつ、わしが大事にしていた盆栽を、落として鉢を割りおった」

庭掃除の折で、力自慢の植村は大ぶりの鉢の重さを舐めたのである。慎重さに欠けていた。手が滑って、鉢を地べたに落とした。運が悪いことに、下には石があった。

「腹が立ったのでな、わしは斬り捨てようとした。しかしそこへ命乞いをしてきたのが正紀であった。必死な顔であったな。植村を斬り捨てるならば、自分は腹を切ると申しおった」

「なるほど」

「睦群も止めに入ったので、五俵の減俸で済ませた。植村は正紀のお陰で命拾いをしたから、恩を感じているようだ。あやつの取り柄は、正紀のためならば捨て身になれるということであろう」

「では竹腰家へ置くよりも、当家に置く方が役に立てるわけですな」

「まあ、そうだ」

勝起は頷いた。

「では、これで決まりですな。当家の者といたしましょう。正紀も腹心が傍にいれば、仕事もやりやすくなりましょう」

「井上家も、いろいろな者がおるからな」

「はい。国許の園田も、下妻藩の園田も、また浜松藩の中にも、正紀が当家に入ることを面白くないと感じている者がいる模様でござる」

「まあ。尾張の血を入れたくないのであろう。その方が高岡藩へ入るときも、あれこれ口出しをしてきたからな」

正国が高岡藩へ入るときも、すんなりと話がまとまったわけではなかった。それは勝起も知っている。正紀に無理にと勧めなかったのはそのためだ。

「下妻藩は正広を立てようとの腹づもりだったようで」

「その企みは、消えたのか」

正国の決定で、今のところは頓挫している。

「さあ。当家の園田はもちろん、下妻藩の園田も、しぶといですからな」

渋い顔になって、正国は応じた。

「すると正紀の婿入りを潰そうという、企みもあるわけだな」

「ないとはいえませぬ。油断は禁物でございましょう」

「正紀が、今後どうその企みを潰してゆくかだな」

「さようで」

勝起と正国は、頷き合った。

下妻藩井上家の上屋敷は、芝愛宕下《しばあたごした》大名小路にある。増上寺《ぞうじょうじ》の北には、中小の大名屋敷が通りを隔てて並んでいた。

その屋敷内にある家老の部屋に、園田次五郎兵衛と馬廻り役の瀬川數馬が向かい合って座っていた。他に人はいない。

勝起と正国が高岡藩上屋敷で話をしていた、同じ刻限のことである。

「明日にも正紀殿は、江戸を発《た》つ模様でございます」

「そうか。高岡屋敷から、知らせがあったのだな」

「さようで。何かあれば、すぐに伝えられることになっております」

自信のある顔で、瀬川は応じた。

「婿にも入らぬうちから、藩の仕置きに口出しをするとは、小賢《こざか》しい奴だな」

「まことにもって」

「ただ高岡の頼母にすれば、利根川の堤の普請は、いずれなさなければならぬことだったらしい。そこに目をつけたのは、愚かとはいえぬ。後々、厄介な者になるのではなかろうか」

「ははっ。これが上手くいけば、村の者は、正紀を世子として受け入れ敬うでしょう」

「それは面白くないな」

次五郎兵衛は、顔を顰めて続けた。

「黙っていると、いつか尾張の息が、当家や御本家にもかかってくるぞ。井上家が、乗っ取られることになる」

「それは避けねばなりますまい」

瀬川は大きく頷いた。瀬川も、井上家譜代の家臣である。正広と同じ小野派一刀流を学んでいた。

「頼母も、藩主の命には逆らえぬが、そこを案じている。ここのところ、わしへの文の数も多くなったぞ」

次五郎兵衛は、ふうとため息をついた。

高岡藩国家老園田頼母とは又従兄弟の間柄だから、もともと文のやり取りはあった。しかし正紀の婿入り話が出たあたりから、それを妨げる策を練ってのやり取りが増えた。

「正紀殿に、しくじっていただいてはいかがでしょうか」

「なるほど、そうなれば藩士領民は、正紀を侮《あなど》るであろう。また不慮の事故によって、命を失うことも、ないとは言えぬであろうからな」

次五郎兵衛はふてぶてしい笑みを、口元に浮かべた。

「どうやら千二百本の杭は、阿久津河岸に集めることにしたようです」

「そうか。当家の国許とは、目と鼻の先だな」

下妻藩の領地は、鬼怒川の阿久津河岸より下流の川沿いにも広がっている。

「あの地には、存じ寄りの者も少なからずありまする」

「うむ。そうであろうな」

「何ができるか、考えてみようと存じます」

「よし。早々に江戸を発つがよかろう。気づかれぬようにやれ」

「ははっ」

瀬川は頭を下げると、家老の部屋から出て行った。

二

庭の小鳥の囀りで、正紀は目を覚ました。外は薄明るくなっている。いよいよ江戸を発ち、阿久津河岸へ向かう日となった。

空は曇天。しかし雨が降る気配はなかった。

洗面を済ませると、気持ちがきりりと引き締まった。

支度《したく》といっても、さしたるものはない。旅姿になった植村が、正紀の部屋に顔を出した。

「嵐の来る前に、堤を仕上げたいですな」

気迫のある顔で言った。

待つほどもなく、佐名木の配下で徒士頭《かちがしら》を務める青山太平《あおやまたへい》という高岡藩士が迎えにやって来た。正紀も植村も、江戸を出たことは一度もない。

青山は道案内役も兼ねていた。歳は二十七で、小柄な体つきだ。大男の植村と並ぶと、親子のようにも見える。

「これは、京様より預かってまいりました」

袱紗《ふくさ》に包まれた品を、正紀に差し出した。

「ほう」

開いてみると、山王権現《さんのうごんげん》の守り袋と井上家の家紋がついた印籠だった。中には黒い丸薬が入っていた。

「万病に効く薬だそうでございます」

青山は告げた。

京とは、藩邸の茶室で薄茶を点ててもらったときから会っていない。ただあの折、阿久津河岸や高岡へ行くことは話した。国許のことは国許に任せればよいと言われて、そうではないと伝えた。贅沢を戒めるようなことも口にした。

どう受け取ったかは分からない。

「そうか」

守り袋は懐に、印籠は腰に下げた。

不快ではないが、取り立てて嬉しいと思ったわけではなかった。儀礼的なものだと感じた。

「佐名木様は、下妻藩の者には気をつけろとおっしゃいました」

青山は付け足して言った。

佐名木からは、他にも伝えられていることがある。高岡へ行ったら、国家老の園田ではなく、領内の納米を扱う蔵奉行河島一郎太《かわしまいちろうた》を使えと告げられていた。

すでに勝起や睦群には、昨日の内に挨拶を終えている。屋敷を出た三人は、朝靄《あさもや》の残った道を歩き始めた。

阿久津河岸は、奥州街道十九番目の宿駅氏家宿の手前にある。しかし陸路は使わない。

江戸から船で行徳《ぎょうとく》へ行き、そこから陸路を利根川沿いの木颪《きおろし》へ向かう。高岡へ向から場合はこの経路を使い、木颪からは船に乗って川下へ向かう。嫡子や藩主になれば、簡単には高岡へ出向けない。そこでこの経路をぜひ使いたいと正紀は望んだ。

一番早い道のりでもある。

阿久津河岸へ向かうには、木颪で高岡方面とは逆方向の船に乗る。しばらく利根川を上ってから、鬼怒川の流れに入る経路だ。

三人がまずやって来たのは、日本橋小網《こあみ》町三丁目の行徳河岸である。ここから下総行徳へ向かう船が出た。

行徳船と呼ばれるこの船は、行徳塩田で作られた塩を江戸へ運ぶために、寛永《かんえい》の頃から航行を始めた。小名木《おなぎ》川と新川《しんかわ》を使うこの航路は、塩だけでなく人や様々な物資を運んだ。

塩だけを運ぶ船は、別に塩船とも呼ばれる。船は毎日のように河岸を出る。水路で三里（約十二キロ）の道のりだ。

三人は、朝一番の船に乗ることになっていた。

船着場には、十数人の旅姿の者が出航を待っていた。武家も町人も交じっている。百姓らしい者の姿もあった。船の後部には、すでに俵物《たわらもの》などの荷が積まれていた。

船頭が声をかけると、人々は船に乗り込む。

歩くことなく行徳へ行けるこの船は、旅人に重宝された。

「やっ」

船頭が声をかけると、船はすっと前に滑り出た。緊張と興奮が、正紀の胸の中で躍っていた。

大川《おおかわ》を越えて小名木川へ入る。このあたりは、まだ見慣れた光景だ。ただ多雨の影響で、水嵩は多かった。流れも速い。船はひたすら、真っ直ぐな川面《かわも》を東に向かう。

「今日は曇りですが、晴れていたら朝日が眩しくて目を開けていられないくらいです」

と青山は言った。

亥《い》の堀《ほり》川を過ぎると、河岸の様子が変わった。人通りが少なくなって、朽ちかけたような船着場も現れた。

船はさらに進んで行く。野菜や他の荷を積んだ船と、何度もすれ違った。

「ああ、あれは中川《なかがわ》の御船番所ですね」

植村が川べりにある建物を指差した。侍や配下の者が立っていて、行き交う船に目をやっていた。

不審な船がないかと見張っている。

一行はここで休憩した。厠《かわや》へ行きたい者は船を出る。座っていた者が、足腰を伸ばす場でもあった。

船番所の他には、数軒の茶店を含めた飯を食わせる店や小間物を商う店があった。船旅の者や荷船の船頭を当て込んだ店である、しかしその先には一面に田が広がって、農家が点在しているだけだった。

「お茶はいかが、菓子はいかが。握り飯や香の物もあります。焼いた餅もありますよ」

小舟が売り物の品を載せて漕ぎ近寄ってきた。近くの者が、稼ぎのためにやってい るらしかった。茶や餅、饅頭を買う者が数名いた。

そして船は漕ぎ出す。この先では中川と新川に行く手が分かれる。幅広の中川からは、激しい流れが迫ってくる。正紀らが乗る船は、上下に激しく揺られながら新川へ入った。

この川は、行徳川とも呼ばれている。

現れる河岸はどこも田舎じみているが、すれ違う荷船は少なくなかった。行徳からだけではなく、江戸川を下ってきた船も多いらしかった。

空は雲が厚くなっている。しかし雨が降り出すまでには、いたっていない。

「そろそろ着きますよ」

「雨に降られなくて済みましたね」

商家の隠居とおぼしい老夫婦が、話をしていた。

そして間もなく、目の前に中川に劣らない大きな川が現れた。その向こう河岸には、家々の並ぶ町が見える。

「あの川が江戸川で、家々があるところが行徳です」

青山が告げた。

江戸川の流れも激しかった。これまでの長雨の影響だ。流れに呑み込まれそうになりながらも、行徳の河岸に辿り着いた。

船着場へ真っ先に飛び降りたのは、正紀である。川面に目をやると、江戸川を上り下りする弁才船《べんざいせん》の姿がいくつも見えた。川を上れば、野田や流山《ながれやま》そして関宿《せきやど》へ至る。

行徳にはいくつもの商家がありしもた屋も並んでいる。荷を置く納屋などもあって、多数の荷運び人足の姿も見えた。江戸とは比べ物にならないが、それなりに活気のある町だった。

「遠くまで来ましたね」

植村は言ったが、今日は利根川べりの河岸木颪まで行かなくてはならない。七里半（約三十キロ）ほどの道のりがあった。ここからは陸路である。

「では行くぞ」

座り続けだったので、歩くのはかえって都合がよかった。植村は大男だが、歩くのは嫌がらない。青山に導かれて、街道を進んで行く。

しばらく歩くと人家はまばらになり、そしてついに一面に田の広がる場所になった。人の行き来はないわけではないが少ない。道端で白や黄色の小菊が、風に揺れていた。田に植えられた稲は、順調に育っているように正紀には見えた。とはいっても、いつになったら刈り入れができるのか、そのあたりは見当もつかなかった。

「冷夏ではあったが、米はそれなりにできるのではないか」

正紀は青山に声をかけた。青山は、何を言うかという顔を向けてきた。

「とんでもないことでございます。これでは平年作にはとうてい及びますまい」

渋い顔で田に目をやった。

青山は勤番者で、二年を限りに江戸へ出てきているという。高岡にいたときは、近くの土手で田を耕したと言った。

「では、詳しいわけだな」

「はあ。いかがでございましょう。足元が濡れまするが、田に入ってみまするか」

思いがけないことを、青山は言った。

「もちろんだ」

正紀にしてみれば、足が濡れるなど気にならない。青山に連れられて、正紀と植村は畦《あぜ》に入った。

「足元に、お気をつけくだされ」

田に入って、青山は一本の穂先を手に取り、親指で潰した。

「これは……」

現れたのは、米といえる代物ではなかった。植村も仰天の目を向けている。

「これだけが特別ではありませぬ。まだまだ照り付けるお天道様が必要でございまする。今年は間違いなく不作となりましょう」

「では高岡も」

「それほどは、違いますまい」

渋い顔つきは変わらない。そう告げられて、返す言葉がなかった。

道に出て、歩みを続ける。嘆いていても始まらない。一里（約四キロ）ほど歩いて八幡《やわた》宿に入った。宿とはいっても、茶店と数軒の家があるだけだった。小休止をして、すぐに旅路を急いだ。

次の宿場は、二里（約八キロ）先の鎌ヶ谷《かまや》である。ここも八幡と変わらない鄙《ひな》びた宿で、旅籠《はたご》は一軒あるだけだった。周囲は林で、栗や柿の木が目についた。

一行は、ここで昼飯をとることにした。九つ（正午）を、やや過ぎた刻限だ。茶店で茶を頼み、屋敷で用意した握り飯を頬張ったのである。

「では、参るぞ」

食べ終え、茶を喫し終えたところで正紀は立ち上がる。植村も青山も、これに続いた。

「木颪までは、あと四里半（約十八キロ）ばかりだな」

「はい、途中で白井《しらい》宿と大森《おおもり》宿を越えまする」

白井宿の手前では、野飼いの馬の群れを見た。どれも田で使う馬には見えない。

「ここの馬は、将軍家はもちろん各藩及びお旗本衆がお求めになります。藩邸で飼う馬も、ここから求めました」

武家は、禄高に応じて数頭の馬を飼わなくてはならない。下総には、馬を養う場所がいくつもあると教えられた。

「晴れていれば、ここから富士のお山も見えまする」

青山は言った。

白井宿にも、小さな旅籠があった。鎌ヶ谷宿よりも多少人が多いといった程度の宿場である。

さらに二里歩いて、大森宿に入る。

「おお。ここはだいぶ町らしくなりましたな」

植村が声を上げた通り、家も道行く人の数も多くなった。大森宿からさらに二十八丁（約三キロ）、利根川に接した木颪宿へ入った。

すでに秋の日差しは、西空の低いあたりにきている。大森宿よりも、民家も人も多い。町には活気があった。

「さすがに利根川は大きいな」

目の前の大河を目にして、正紀は声を上げた。水嵩も高く、どうと音を立てて流れている。

「この川を下ると、高岡ですね」

横にいた植村が言った。植村も正紀が祝言を挙げれば、高岡藩士となる。それなりの感慨があるらしかった。

「ここは、当家の藩士が使う宿です」

青山に連れられて、一行は利根川の河岸に建つ種屋《たねや》という旅籠に入った。

三

川の流れの音が、寝ている間も耳に響いていた。大きくなったり小さくなったりする。巨大な生き物の唸り声にも聞こえた。

何度目かの大きな音で、正紀は目を覚ました。戸を開けると、東雲《しののめ》の空が赤みを帯び始めていた。

利根川の流れは渦巻くように激しい。小舟など渦に呑まれてしまうのではないかと思われた。小名木川や新川の流れとは比べ物にならない。

「この程度ならば、船は出ます。嵐のときは、こんなもんではありませんよ」

すでに起きていた青山が、川に目をやりながら言った。

「では、阿久津河岸へは向かえるわけだな」

「はい。今、乗る船の手当をしてきました」

銚子から来た干し魚や海藻を関宿まで運ぶ荷船がある。これに乗って取手《とりで》河岸に出て、そこで鬼怒川へ入る船に乗り換えるという手順だった。しかしその船は、阿久津河岸までは行かない。

途中の久保田《くぼた》河岸で一度乗り換えるという話だった。

「ずいぶん手間取るな」

「はい。水運の船は、すべての河岸に停まるわけではありません。取手は木颪よりも、多くの船が停まります。早く行ける船を選びました。また鬼怒川も上流へ行くと、水深が浅くなります。大型の船では上れなくなりますので、久保田河岸では小型の船に乗り換えるわけです」

話をしているうちに、植村も起き出してきた。

「下るならともかく、あの流れに逆らって、船は上れるのでしょうか」

不安な声で言っている。川の流れを目にして、寝惚《ねぼ》け眼《まなこ》もいっぺんに覚めたらしかった。

「大丈夫でござる。船頭は慣れていますからな」

青山の言葉に、正紀も安堵《あんど》した。

手早く食事を済ませた三人は、旅籠を出て船着場へ行った。雨の気配はない。空には薄い雲がかかっているだけだった。

船着場には、すでに二百五十石積みの弁才船が停泊していた。帆船で、江戸から乗ってきた行徳船より二回り以上大きい。干し魚だけではなく、俵物や四角い藁筵《わらむしろ》で包まれた荷など、多数を積んでいた。

荷だけでなく、関宿方面に向かう人も乗る。

「下りの船だと、鹿島《かしま》神宮や香取《かとり》神宮へお参りに行く人も使います」

「風は、川上の方から吹いてくるぞ。向かい風でも、帆船は進むのか」

正紀は、気になる疑問を向けてみた。

「大丈夫です。船頭らには、向かい風でも船を前に進める技があります」

「そうか」

青山の返事に、正紀は半信半疑で頷いた。

新たな荷の積み込みが済んで、乗船する者たちが船着場に立った。風は、少し肌寒いくらいだった。

「はて」

正紀は振り返った。河岸の道から、誰かに見つめられているような気がしたからである。しかし気になる者の姿はなかった。

「まあよかろう」

さして気にも留めず、正紀は船に乗り込んだ。

弁才船は、激流をものともせずに川上へ進んで行く。揺れはあっても五人の船頭は帆桁《ほげた》にかかる手縄を巧みに扱って帆の向きを変え、船を前に進ませた。

「右手に川の河口が現れたぞ」

「あれが小貝川《こかい》です」

その川を過ぎると、弁才船は河岸に寄った。取手河岸に着いたのである。

「あっという間でしたね」

三人は弁才船を降りた。船着場はいくつもある。木颪河岸よりも河岸場としての規模は大きかった。水戸街道の宿場でもある。利根川水運の拠点地で、鬼怒川や小貝川からの物資の集積地でもあった。

乗って来た弁才船よりも、大型の船があった。

「我らが乗るのは、この荷船です」

行徳船よりもやや大きい程度の船だった。

「これか。これで大丈夫か」

不安の声を上げたのは植村だ。植村は剣術も今一つだが、水練はまったく駄目だった。

「では乗るのをやめるか」

「いや、とんでもない」

慌てて首を振った。

三人が乗り込んだ荷船は、利根川を上る。弁才船のような力強さはなかった。船は上下左右に揺れる。流れに押されて、後退しているように感じることさえあった。

植村は船端にしがみついている。一刻（二時間）近くかかって、荷船は鬼怒川に入った。

利根川ほどの川幅はなくても、鬼怒川は大きな川だった。水量も、激しさもさして変わらない。流れがどうと押し寄せてくる印象だ。

「うわっ」

ばさりと水を被った。

土地勘などまるでないから、今どのあたりにいるのか見当もつかない。ただ目についた河岸で、堤の普請をしている人影があるのに気が付いた。杭を打ち付ける者や、土嚢を運ぶ者の姿も見えた。

「次の嵐に、備えているわけですね」

植村が言った。

「このあたりが、下妻藩の領地になります」

青山が右手の土手を指差した。特別な何かがあるわけでもない。そのまま通り過ぎた。

久保田河岸に着いたところで、三人は荷船を下りた。

船着場に立った直後は、それまでの体の揺れがすぐには収まらなかった。

ここは鬼怒川が田川《たがわ》と合流する地点である。

河岸には四、五百俵の米を積める船も停まっていた。しかし阿久津河岸へは、そうした大型船では上れない。

ここからは小鵜飼船《こうがいぶね》という平底の船を利用する。米俵にして三十俵も積めば、満杯になる小舟だった。水深の浅いところでも、これならば無理なく航行できる。

「一度に大量の荷を運ぶことはできませぬが、船はたくさんありますゆえ、阿久津は河岸として欠かせないものになっています」

一行はここで遅い昼食をとった。青山に伴われ、正紀と植村はこれから出航する上りの小鵜飼船に乗り込んだ。

川幅はだいぶ狭くなったが、流れの激しさは変わらない。平底船なので、速力も出ない。流れに逆らって進むのは、なかなかたいへんだった。逆に下りの船は、勢いよく現れ瞬《また》く間に去っていった。

「今日中に阿久津河岸は無理ですね。今夜は、柳林《やなぎばやし》河岸の旅籠に泊まるとしましょう」

下野の国真岡《もおか》で、ここからは木綿が江戸へ運ばれる。

「仕方があるまい」

その日は、柳林河岸の旅籠に泊まった。ほとんど歩かず、一日中船に揺られた。

「おかしな気分です」

植村はそう言った。


翌朝は、まだ暗いうちに小鵜飼船に乗った。そしてついに阿久津河岸へ辿り着いたのである。江戸を出て三日目のことだった。

正午には、まだだいぶ間のある刻限だ。ただ空は、厚い雲に覆われている。今にも雨が降ってきそうだった。風もある。

船着場はいくつもあって、納屋が並んでいた。その向こうには、大きな建物の屋根が見えた。川から運河を引いて、そこにも納屋が建てられている。何艘もの小鵜飼船が横付けされて、人足たちが荷入れや荷降ろしをしていた。

「ここはさすがに人が多いな」

正紀は周囲を見回す。千二百本の杭は、白沢屋という材木問屋の納屋に置かれていると聞いている。だがその場所は分からない。

青山も、そこまでは知らなかった。

ただその納屋には、高岡藩の藩士が先着して、受け取りを済ませているはずだった。またこれを運ぶ小鵜飼船の手筈も、調えておく段取りだ。

ともあれ達磨屋《だるま》という旅籠へ行った。これはすぐに分かった。ここに高岡藩から先着している岡部惣兵衛《おかべそうべえ》という藩士が泊まっているはずだった。

もちろん、岡部はここにはいない。しかし白沢屋の納屋がどこにあるかは、知ることができた。

「白沢屋さんの店は、ここにはないんですよ。手前の白沢宿ですからね。でもここには納屋があるので、荷を置いています」

番頭はそう言った。

教えられた納屋へ行ってみると、その出入り口付近に三十代半ばの侍が、人待ち顔で立っていた。

「岡部殿ではないか」

青山が駆け寄った。正紀と植村も、それについていく。

「杭は、すでに集まっているのであろうな」

顔合わせもそこそこに、正紀は尋ねた。千二百本の杭は、もともとどこかにまとめてあったものではない。白沢屋が、百本二百本と各地から集めたのである。新たに焼き入れをする杭もあったが、江戸の木曾屋の話では、遅くとも昨日中にはすべてが調うはずだった。

「そ、それが、まだ揃ってはおりませぬ」

焦りを滲ませた声で言った。岡部は国許の者で、堤の現状を知っている。一刻も早く運びたい気持ちがあるらしかった。

「どれほど集まっているのか」

「ま、まだ、六百ほどで」

「何をもたもたしているのか」

植村が声を荒らげた。凪は収まらず、ぽつりぽつりと空から滴《しずく》が落ちてきている。

納屋の中を覗くと、それなりの数の杭が見えたが、まだ必要な本数の半分でしかない。

「小鴉飼船の用意は、できているのか」

「はい。いつでも出せる段取りになっております。船頭も、待たせています」

「ならばあるだけでも運ぼう」

正紀の判断に、異議を唱える者はいない。

すでに高岡では、土嚢も用意されているはずだった。佐名木が用意した八百本は高岡に着いて、普請は始められている。

「残りの六百本については、我らで受け取ろう」

すでにある杭は、岡部が運ぶ。さっそく人足を集めた。

小鵜飼船は六艘用意されていた。そのうちの三艘に、杭を載せた。岡部が、船に乗り込んだ。

正紀ら三人は、この船を見送る。激しい流れの中で、瞬く間に見えなくなった。

風と雨の降りが、徐々に強くなっている。三人は旅籠に戻って、蓑笠《みのかさ》を借りた。

四

「しかしなぜ揃わぬのか」

「何かがあったのでは」

正紀の言葉に、植村が応じた。ただ待っているつもりはない。すでに今日も昼時を過ぎていた。一本も届けられず、何も言ってこないというのは、納得がいかなかった。

「遅れるならば、遅れると伝えてくるのが筋だ」

と思うのである。

そこで河岸にある材木問屋へ行ってみた。白沢屋とは違う店だが、何か事情が分かるならば聞いてみたい。

「さあ。白沢屋さんが何を仕入れようと、うちには関わりのないことですからね」

杭を運んでいるのは目にした。しかしそれがどれほどの数で、どこから仕入れたかなどは分からない。店の番頭は、軽い口調でそう答えた。

そこで船着場へ行って、人足数人にも問いかけた。白沢屋の荷など知らないという者が多かったが、杭を納屋まで運んだと言った者もいた。

「さらに六百本の杭が運ばれるはずだが、それについて何か聞いていないか」

「たくさん運ばれるっていう話は聞いていますよ。でもいつ、どこから来るのかまでは分かりません」

これでは話にならなかった。

さらに居合わせた小鵜飼船の船頭にも問いかけをした。しかし白沢屋の杭について知る者はいなかった。

「船がひっくり返ったという話は聞かないか」

「それも聞きません。そんなことがあったら、すぐに伝わってきます」

事故も起こっていない。六百本の杭が、忽然《こつぜん》と消えてしまったのか。

一通り聞いたところで、先ほど送り出した六百本の杭を入れていた納屋へ戻った。

運河が引かれていて、同じような大きさの納屋が数棟並んでいる。

その端に、納屋番の小屋があった。番人の老人に、正紀は声をかけた。

「焼き杉の杭は、一昨日あたりから運ばれてきました。高岡藩のお侍がいて、受け取っていました」

岡部のことを言っている。老人はそのまま続けた。

「お侍さんはたいてい納屋の前にいましたが、いなくなることもあった。誰かに呼ばれたのかもしれませんが」

岡部が不在だったのは半刻くらいの間だという。その間に、運河には三艘の小鵜飼船が入ってきた。焼き杉の杭なので、老人は高岡藩が借りた納屋に入れるのだと思って見ていた。すでに納屋には、同じくらいの数の杭が納められている。

「ところが、あの納屋には入れませんでした。そのまま荷車に積んで、他へ運んでいきました」

「何と」

これには驚いた。正紀と植村、青山の三人は息を呑んでいる。

「指図《さしず》をしていたのは、誰か」

「お侍と、白沢屋の手代がいました。そのお侍の方が、指図をしていました」

その侍は、岡部ではない。番人は、初めて見た顔だと告げた。昨日の、夕暮れどきのことだそうな。

「何者でしょう。高岡から来ているのは、岡部殿だけのはずです」

青山が言った。

焼き杉の杭六百本で、しかも白沢屋の手代がついていたとなると、高岡藩が注文した杭ではないかと疑わざるを得ない。

だがそれは、違う場所に運ばれた。

運送が遅れているだけならば、待てばいい。しかしそうでないならば、捜さなくてはならなかった。

「よし、白沢屋へ行って聞いてこよう」

鬼怒川の対岸で、下流にある白沢宿に店がある。正紀と植村が向かうことにした。

離れているからと、躊躇ってはいられない。

青山は、念のため藩が借りている小屋の前に残した。杭が遅れて着く可能性も、ないわけではないからだ。

小鵜飼船を雇った。流れは激しいから、白沢宿の河岸に出るのは、手間ではなかった。

白沢宿は、阿久津河岸より鄙びている。しかし白沢屋は大きな店を構えて、宿一番の商家だった。

「阿久津河岸に、焼き杉の杭を運んだ手代に会いたい」

店の敷居を跨いだ正紀は、居合わせた小僧に命じた。

「私でございますが、何か」

現れたのは、二十代半ばの四角張った顔の男だった。昨日、江戸の木曾屋から受けた注文の品を、阿久津河岸で受け取ったのだと告げた。

「杭は、すべて高岡藩が借り受けた納屋に入れるはずだった。にもかかわらず、なぜ他の場所に移したのか。そのわけを聞きたい」

気持ちが昂っているから、多少責める口調になったのは自分でも分かった。植村は手代を睨みつけている。

「お、お待ちください。確かに高岡藩の杭六百本は、お指図のあった納屋に納めました。しかし後の六百本の杭は、同じ焼き杉の杭でも高岡藩に納めるものではありませんでした」

手代は唾を飛ばしながら、そう言った。

「何だと」

納得のいかない話だ。

「その折のことを、詳しく話してみろ」

手代は慌てているが、眼差しは真剣だった。嘘を言っているようではない。

「弥助《やすけ》という船頭が、三艘の小鵜飼船で川の上流から運んできました。この杭は、高岡藩のものではなく、違う藩の荷だと言いました」

「それを真に受けたのか」

「船着場には、お武家様も待っておられました。それに弥助は、杉の焼き杭六百本の荷受け証を持っておりました」

「宛先は、高岡藩ではなかったというのだな」

「さようでございます」

きっぱりと手代は言った。

「では高岡藩の杭は、どうなったのか。昨日の内には、着いていなければならなかったはずだ」

「ですから今、人を調べにやっております」

「いったい、どこの藩だったのか」

それはぜひにも、聞いておかなくてはならなかった。

「下妻藩でございます。堤の普請をなさるとおっしゃいました」

「待っていた侍も、下妻藩の者だったわけだな」

「はい」

正紀と植村は顔を見合わせた。とんでもない藩の名が、飛び出してきたからだ。

だがそのとき、正紀の脳裏に、佐名木の顔が浮かんだ。佐名木は、下妻藩の者には気をつけろと忠告していた。

「弥助が、銭を積まれて悪事に加担したのではないでしょうか」

植村が言った。正紀も、同じことを考えた。ではどうするかと思案した。

下妻藩の何者かが弥助を操ったのならば、いくら待っても杭は運ばれない。阿久津河岸のどこかに、納められたままになっているはずだった。

「その杭は、どこの納屋に納められたのか」

「聞いて、どうなさいますか」

手代は目を瞠《みは》り、そして続けた。

「勝手に運び出せば、盗っ人になります」

この言葉は、胸に響いた。言っていることは、間違っていなかった。となると残された手立ては、弥助なる船頭を捕えるしかなかった。たとえ痛めつけても、白状をさせなければ、話は進まない。

「では弥助は、どこに住んでいるのか」

「さあ、存じません。阿久津河岸の船頭か、荷運び人足に当たれば分かるかもしれませんが」

杭は、一刻でも早く高岡へ運びたい。思案をしているゆとりはなかった。

白沢屋の店を飛び出した。手代はまだ何か言っていたが、それには気を留めなかった。船着場で、阿久津河岸へ行く船を捜し乗り込んだ。

「それにしても、下妻藩がここまであからさまな妨害をするでしょうか」

船端にしがみついた植村が口にした。

正紀も同じ考えが頭をかすめた。事が明らかになった後に、責められることになる。

しかしな……、と考えを巡らせた。

「決め手になるのは、弥助が持っていた荷受け証だ。偽物ならば、下妻藩は知らぬ存ぜぬを決め込むのではないか。居合わせた侍も雲隠れをしていれば、なおさらだ。悪事の証拠は何もない」

「なるほど、阿漕《あこぎ》なやり方ですな」

乗り込んだ船の船頭は、弥助を知らなかった。下ったときよりも何倍も手間がかかったが、船は阿久津河岸に着いた。

風雨は収まっていない。納屋の軒下や番小屋などにいる船頭や人足たちに、正紀と植村は弥助のことを問いかけた。

「ああ、弥助なら知っているよ」

何人目かで、そう言った船頭がいた。弥助の住まいを聞くと、河岸場にほど近い長屋に住んでいると教えられた。

ともあれそこへ行ってみた。しかし住まいはもぬけの殻だった。

「どこかに遠出をしていたら面倒ですね」

植村が呟いた。井戸端に三人のおかみさんたちがいたので、問いかけた。

「昨日から、ここにいますよ」

「そうそう、遠くへ出かけた気配はないね。にやにやしながら懐に手をやっていたから、博奕《ばくち》で儲けたのかもしれないよ」

「ならばあいつ、今日は女郎屋あたりかね」

おかみさんたちは、げらげらと笑い声を立てた。

五

江戸の高岡藩上屋敷。朝から風と雨があって、庭の樹木の梢《こずえ》が擦れ合い、音を立てていた。

風雨は徐々に強くなっている。枯れてもいない緑の葉が、風に飛ばされた。

京は屋敷内の茶室で、袱紗を捌《さば》いた。棗《なつめ》を拭くところだ。風や梢の音が、部屋に聞こえてくる。

客は、父正国である。先日は同じ場所に、正紀が座っていた。

「高岡の田も、風と雨に打たれているのでしょうか」

手の動きは止めずに、京は話しかけた。袱紗は帯に差し込まれている。

「その方が田のことを口にするのは、初めてだな。何かあったのか」

父は不審な顔を向けてきた。

「正紀様は、私が白無垢の話をした折に、国許の堤普請の話をなさいました」

「ほう」

くすりと、父は笑った。驚くというよりも、納得したような顔付きなのは、少し不満だった。

京にしてみれば、一生に一度のことを話題にしたつもりだった。正紀は否定こそしなかったが、関心を示しはしなかった。まるで説教をされたようにも感じたのである。

「利根川はこのところ、水位が上がっている。それが気になっていたのであろう」

「あの方は、今尾藩の方です」

「それはそうだが、当家の婿になる者だからな」

父の返答は、張り合いがなかった。一緒に腹を立ててくれるのかと思っていた。

そもそも説教をされるなどということはないから、面白くない。歳下でしかも婿になる身ではないか、という気持ちもどこかにあった。

ただどうしようもなく不愉快だというのでもなかった。

尾張徳川の連枝であることを、鼻にかけるわけではない。それを口にしたら、自分も同じだと伝えてやるつもりだった。

行かなくてもいい阿久津河岸や国許へ、わざわざ行こうとしている。お陰で京は、鬼怒川のどこに阿久津河岸があるのか、奥の老女に問いかけてしまった。

「変わり者だ」

と思っているが、これまで出会ったことのない者だとは感じていた。

「あの者が気に入らぬのか」

点てた茶を差し出したところで、父は問いかけてきた。

「い、いえ。そういうわけでは」

思いがけない問いだったので、少し慌てた。けれども口にしたことは嘘ではなかった。

嫌ではない。夫になる者だから、気になった。ただそれは、恋情というものではない。胸にときめくものはなかった。

「あの者は、幼き頃より思慮の足らぬところがある。また思い込むとこだわり、夢中になる。児島のように、まあこのくらいで良いとは考えぬ。そのあたりは面白いではないか」

薄茶を飲み終えたところで、父は言った。

「ずっと気にして、ご覧になっていたのですか」

「そうではない。気になったのは、この数年のことだ。兄弟でも、睦群とは気性がまったく違う。変わり者だ」

「まあ」

自分と同じ考えなので、少し愉快だった。

「竹腰家の者からもいろいろ聞いた。その気になれば夢中になる。千二百本の杭の費えを、あの者は尾張藩から出させた。考えは浅いが、しぶとさもある」

京は飲み終えた茶碗に湯を入れ、建水《けんすい》に捨てた。父は片付けろとは言わなかった。もう一杯、飲みたいらしい。

そして言葉を続けた。

「当家もいろいろある。変わり者でも、気骨のある方がよかろう」

京には父の言葉が、分かるようで分からなかった。

二杯目の薄茶を出したところで、また父が口を開いた。

「お上に届けていた婿取りの件だが、今日の日付でお許しが出る」

「まあ」

分かっていたが、それでも腹の底が熱くなった。とはいっても、動揺があったわけではない。来るべきものが来たという気持ちだ。

父が二杯目の茶を飲み終えたところで、京は片づけをした。隣の水屋で洗い物をしていると、茶室に佐名木が現れた。

何か伝えたいことがあるらしかった。

「下妻藩の者が、動いているようでございます」

「阿久津河岸でだな」

そのやり取りを聞いて、京は正紀が出向いた杭の調達にまつわる話だと察した。耳をそばだてている。

「下妻藩にいる、昵懇《じっこん》の者から伝えられました。江戸を出たのは、三人だそうです」

「園田が行かせたのだな」

「はい。念入りに打ち合わせをしたようで」

佐名木が溜息を吐いた。

「一筋縄ではいかぬやつらです」

と言い足した。

「そうか。ならば、あやつの腕の見せ所だな。おめおめと、してやられはしまい」

このやり取りだけでは、詳細は伝わらない。ただ正紀に危機が迫っているのは確かだ。

「うまく切り抜けてほしい」

と感じている自分に気が付いて、京はどきりとした。

六

阿久津河岸は、物資だけでなく人も集まる。陸路水路の要衝だから、旅籠や酒食を供する店が、街道に並んでいる。そして路地を入ると、女郎屋の並ぶ一画もあった。

今日は風雨なので、人足仕事は少ない。昼間から酒を飲んでいる者も少なからずいた。

正紀も植村も、そして青山も弥助の顔は分からない。そこで人足で弥助の顔を知っている者を捜して銭を与え、捜すのを手伝わせた。

とはいっても、江戸の町のように限りなく酒食をさせる店があるわけではなかった。

「昨日は顔を見たけど、今日は見ないねえ」

あらかた見回ったが、弥助はどこにもいなかった。

女郎屋街へも足を踏み入れた。昼見世《みせ》の最中で、風雨で進むことをあきらめた旅人は、張り見世を覗いていた。

正紀が遊里に立ち入るのは初めてだ。話に聞いた限りでは、もっと艶やかな世界に思えたが、雨の昼間の女郎屋はどこかうら寂しげに見えた。

植村の方は、場慣れしている様子だ。

弥助が出入りをしているのは、椿屋《つばきや》という見世だそうな。そこへ行って、張り見世にいる女に小銭を与えた。

問いかけたのは植村である。

「この何日かは、来ていません。今夜あたり、来るかもしれないけど」

化粧の濃い女は言った。弥助が贔屓にしているのは、すゑという二十二、三の年増だった。目鼻立ちは整っているが、鼻が上を向いていた。愛嬌のある女だった。張り見世の中にいた。

この女にも、小銭を与えて話を聞いた。

「弥助が行きそうな場所を、知らないか」

何度も通っているなら、そういう話をしたこともあるだろうとの判断だ。

「それならば、宿内に伯母さんがいるとか言っていたことがあるけど」

「どこに住んでいる、何という名だ」

「夫婦で髪結いやっているって聞いたことがあるけどね」

知っているのはそれだけだった。

この河岸場に、髪結いがそう何人もいるとは思えない。表通りに出て、通りがかりの者に、夫婦で髪結いをしている家はないかと聞いた。

「それならば吉蔵《きちぞう》さんと、ツネさんかね」

問いかけて二人目で、夫婦の名が挙がった。すぐに聞いた場所へ行った。

表通りから横道に入って二軒目、青物屋の隣に髪結い床があった。腰高障子《こしだかしょうじ》に、『床吉《とこきち》』とへたくそな字が記されていた。

初老の痩せた男が、中年の番頭ふうの月代を剃《そ》っている。職人ふうの若い男が、古い絵草子を見ながら順番を待っていた。さらにその奥では、二十代の男二人が、将棋を指している
「あいつですぜ。賭け将棋をしていやがる」

連れてきていた人足が、店の中を覗いてから男の一人を指差した。

「弥助、ちと話を聞きたい。出てまいれ」

正紀が声をかけた。すると弥助は、はっと顔を向けてから立ち上がった。手にあった将棋の駒を床に投げつけ、裏手へ駆け込んだ。

「おのれっ」

正紀は濡れた蓑笠のまま、板の間に上がろうとした。

「やめてくだせえ。人の家に」

剃刀《かみそり》を手にした初老の男が言った。思いがけず、腹の据わった老人だった。正紀を睨みつけている。

「あの者は、運んだ荷を勝手に始末した。事情を聞かねばならぬ」

「だからって、こんなあばら家でも、人の家に土足で上がっていいわけがねえでしょう」

「ううむ」

弥助は裏口から逃げ出したのである。問答をしている暇はなかった。

正紀は振り返って道に出た。

建物と建物の間に入り込み、店の裏手に廻ったのである。裏手は井戸端になっていて、路地が細長く続いていた。そこで大男の侍が、職人ふうの男を押さえつけていた。

押さえつけられているのは、弥助だ。泥濘《ぬかるみ》に顔を押し付けられている。

「よし、起こせ」

正紀は植村に命じた。二人とも泥だらけだ。立ち上がって、植村は弥助の腕を捩じり上げた。

「ひっ。やめてくれ、腕が折れる」

弥助は悲鳴を上げた。しかし植村は力を緩めない。そのまま、戸の開いたままになっている物置小屋の中へ連れ込んだ。

「その方、高岡藩の杭六百本を奪い取ったな」

「し、知らねえ」

半泣きの声で言った。さすがに植村の膂力には、どうすることもできない。

「白《しら》を切り続けると、腕の骨が砕けるぞ。そうなったら、二度と艪《ろ》は握れなくなる。それでもいいいか」

さらに植村は、力をこめたらしかった。

「わ、分かった。話す、話すから力を緩めてくれ」

「だめだ。力を緩めるのは、すべての話を済ませた後だ」

正紀は、弥助の懐に油紙に包まれた書状らしきものがあるのに気が付いた。それを抜き取って中を検《あらた》めた。

「これは。荷送り証ではないか」

しかも宛先は、高岡藩に対するものだった。焼き杉の杭六百本分のものだった。

「た、頼まれたんだ。一両くれるって言ったから、これでなくて、お侍が用意していた偽りの荷送り証を使ったんだ」

「これは、盗みだぞ。その方、盗っ人として首を刎《は》ねられることになるぞ」

「ち、違う。盗んだんじゃねえ。ちょっとの間、隠しただけだ。三日たったら、返すことになっていた。だから荷送り証も、取っておいたんだ」

「都合のよいことを言うな」

植村は、また力を加えたらしい。弥助は悲鳴を上げた。

「どのみち、金が欲しくてしたのであろう。捕えられるのを怖れて、身を隠していたのではないか」

「そ、それはそうだが」

腕の痛みに、顔を歪めている。ここまで聞けば、白状をしたようなものだった。腕の力を、少し緩めさせた。

「ではその方に話を持ち掛けてきた侍は、何者か。下妻藩の名を出したはずだぞ」

「そ、そうだ。あのお侍は、下妻藩の道中手形を持っていた。だ、だから言うことを聞いたんだ。ちょっとした悪さだって言われたから」

「手形には、名が書かれていたはずだ。何という名だったのか」

「それは」

弥助は首を傾げた。そして半泣きの声で続けた。植村はまた、力を入れたらしい。

「難しい字の下に川ってのがあって、それは読めた。お、おれは、難しい字は読めねえんだ」

　下妻藩の文字は、よく目にするから分かったという。

「なんとか川という者ですね。思い当たりますか」

「いや、浮かばぬな」

　植村に言われて考えたが、顔は浮かばない。どこかで聞いた気もするが、苗字《みようじ》で下に川がつくのは、珍しくはなかった。

「では、杭を納めた納屋へ、案内をいたせ」

　正紀は弥助に命じた。植村が丸太の腕で、弥助の二の腕を摑んでいる。その体勢で歩いた。

「おお、これは正紀様」

　高岡藩が借りた納屋の前を通ったので、青山が駆け寄ってきた。弥助を捕えた顚末《てんまつ》を伝えながら、しばらく歩いた先にある納屋の前に立った。

　ここにも番人がいて、弥助が持っていた荷送り証と江戸の木曾屋の出した預かり証を見せた。青山は高岡藩の手形を持っている。

　扉にかけられた錠前が開けられた。

「おお。これで杭が揃ったな」

正紀は声を上げた。納屋の中には、焼き杉の杭が高く積まれていた。ただあたりはすっかり薄闇に覆われている。

「すぐにも小鵜飼船に積んで、高岡へ運ばねばなるまい」

気持ちは急いていた。一日を無駄にしてしまった。

「そうしたいところですが」

青山は浮かない顔をした。

「まずいわけがあるのか」

と問うとしっかりと頷いた。

「川の流れの激しさは、収まっておりませぬ。これからますます暗くなりますゆえ、漕ぎ出せば難破する虞《おそれ》がありまする。杭を水に流しては、せっかくの労が無となりまする」

「なるほど」

「明朝の出立といたしましょう」

悔しいが仕方がない。青山の提案を受け入れたのである。

青山は、明日の早朝に小鵜飼船を出すための手当をしに出かけた。

「ならばおれたちは、弥助を陰で操った下妻藩の侍を捜そう」

杭の行方を見張るために阿久津河岸に残っている可能性は充分にある。

「ええ、そうしましょう」

正紀と植村は、河岸にある旅籠を当たった。苗字に川のつく侍、あるいは下妻藩士が泊まっていないか探ったのである。

旅籠の番頭や女中には銭を与えた。しかし河岸にある旅籠にはそれらしい者はいなかった。そこで氏家宿にも足を延ばした。

「いませんね」

植村は悔し気に呟いた。風雨は夜が更けるにつれて強くなった。


風雨は、大嵐にはならなかった。旅籠の雨戸を激しく叩いていたが、いつの間にか音はしなくなった。

旅籠の朝は早い。雨も風も止んでいる。まだ暗いうちから、旅人は草鞋《わらじ》の紐を結んで出かけて行った。

鬼怒川は、どうと音を立てて流れている。川止めになるのではないかと怖れたが、その達しはまだ出ていなかった。

「急げっ」

青山は人足を叱咤《しった》して、六百本の杭を三艘の小鵜飼船に積み込んだ。明るくなるころには、荷を積み終えていた。空には、日が差している。眩しいくらいだった。

「行くぞ」

正紀と植村、そして青山の三人は、それぞれの船に乗り込んだ。

第四章　木槌の音

一

艫綱《ともづな》が外された。三艘の小鵜飼船は、一気に鬼怒川の激流に飛び出した。

正紀はその瞬間、体がすうっと水底に吸い込まれたような気がした。しかしそれは一瞬のことだった。

我に返ったときには、背後の阿久津河岸は彼方に散っていた。

土手の草木や岩、建物も、現れては消えてゆく。とてつもない勢いだ。

船頭は、艪を漕ぐ必要などなかった。ただ方向だけは、誤ることができない。川は蛇行している。その部分では慎重にならざるをえなかった。

杭を満載にした船体が宙に浮く。そしてばさりと、流れの中に落ちた。何かにしがみついていないと、激流に突き落とされる。

乗っているだけでも命懸けだ。

植村や青山が乗る小鵜飼船は、激流の上ではまるで木の葉のようだ。ざぶりと水を被ったのが見えた。

それもつかぬ間、今度は正紀の船も水を被った。

船はまず、久保田河岸へ行く。ここで三艘に分けて積まれた杭は一つにまとめられ、二百石の弁才船に載せる。そして高岡に向かうのである。

「この流れなら、今日の昼過ぎには高岡に着きますよ」

青山は乗船する前に言っていた。

怒濤のような流れだから、当然だろうと得心する。だが船端にしがみついたままでいるのは一苦労だ。片時も気が休まらない。上りの船も揺れたが、下りの船は質の違う恐さがあった。

船は何度も持ち上げられ、引き落とされる。気が付くと、杭がかたかたと音を立てていた。

正紀はそれではっとした。

「大丈夫か」

と肝を冷やしたのである。

一艘の小鵜飼船に載せた杭は、それぞれ二百本。崩れ落ちぬように、厳重に幾重にも縄をかけた。けれども絶え間なく、激しく揺すられている。

縄が緩まないかと案じた。

船端にしがみついたまま、積み上げた杭を検めた。まだ崩れる気配はないが、船出のときよりも緩んでいるようだ。

結び直したいが、それができない。第一船端から手を離せば、自分の体がすっ飛んでしまいそうだった。

船底に余った縄がある。片手と足で引っ張った。どうにか、体に巻き付けたのである。その端を、船の梁に縛り付けた。

それでも激しい揺れがあれば、どうなるか分からない。ともあれ一番緩そうな縄に手を伸ばした。結びは一つではなく、複数の縄で縛っている。一つをほどいても、それだけでは崩れないようになっている。

だが縄は濡れていた。正紀の力では解けなかった。

「ならばよいか」

と考え直した。どうにもならないならば、運を天に任せるしかなかった。そしてまた船は持ち上げられ、下へ叩きつけられた。

船頭も正紀の体も、ずぶ濡れになっている。

川面に目を向ける。激しい流れだが、それでも他の小鵜飼船や筏《いかだ》がないわけではなかった。

船頭は慎重だが、怖れている気配ではない。この程度の流れならば、行けると踏んでいるのだと察した。

「気をつけてくだせえ。こっから、もうちっと流れがきつくなりますぜ」

船頭が、声をかけてきた。

正紀は船端へかけた手に、力をこめた。と同時に、またばさりと水を被った。船ごと体が宙に飛んでいる。

そして少し、流れが緩くなった。危ないところを、通り過ぎたらしかった。とはいっても、対岸の景色は変わらない。葦《あし》や芒、黄ばみ始めた草に覆われた土手が続く。正紀には、船がどのあたりにいるのか見当もつかなかった。

正紀は我知らず、濡れた袂に手を当てた。握れば水がこぼれ出そうなほど濡れているが、指先が何かに触った。

「何だ」

と思って中のものを取り出すと、小さな布の袋だった。

「これは」

京がくれた、山王権現の守り袋だと気が付いた。その白い面差しが、脳裏に浮かんだ。

「あの者は、今頃江戸で何をしているだろう」

そんなことを考えた。腰にはそのときに貰った印籠も下げている。しかし中の薬を飲む機会には、まだ遭っていなかった。

正紀は守り袋を、すぐに袂に押し込んだ。

旅に出てから、守り袋に気を留めたことはなかった。懐に入れては面倒なので、袂に入れてそのままになっていた。

自分は神仏に守られているのかどうか、それは分からない。京が身を案じて持たせてくれたものだから、どうでもいいとは感じなかった。

また何度か、船ごと体が跳ね上げられた。杭を積んだ三艘の小鵜飼船は、先になったり後ろになったりして進んでいった。

そのときは青山の船が先頭で、これに植村の船が続いて、正紀の船はしんがりだった。この三艘のさらに前を、筏が下っている。

筏師は、巧みに操っているかに見えるが、それでもときどき、とんでもない方向に進んで行く。船よりも、扱いが難しいのかもしれなかった。

「もう少しで、久保田河岸に着きますぜ」

船頭が言った。それでほっと息をついたとき、思いがけない出来事が目の前で起こった。

先頭にいた筏が、弧を描く流れに逆らえず船着場に突っ込んだのである。乗っていた筏師の体はすっ飛んだ。だがそれだけではない。太い丸太が、流れの中に散らばった。

筏には、想像もつかないほどの勢いがついていたようだ。筏師は、どうすることもできなかったに違いない。

その姿が、どこにも見えなくなった。目を凝らしても、激流があるだけだ。流れに呑まれたのである。

「す、救えないか」

正紀は声を上げた。しかしどうすることもできなかった。小鵜飼船の船頭にしても、艪を扱うのが精いっぱいなのだ。

問題は、それだけではなかった。散らばった丸太が、川面を流れてゆく。青山の乗った船は、その間近にあった。

「ぶつかるぞ」

正紀は絶叫した。

「ああっ」

横になった太い丸太に、小鵜飼船がぶつかった。青山は船端にしがみついている。激流に投げ飛ばされるかと肝を冷やしたが、それはなかった。

青山も体を縄で縛りつけていたようだった。

しかし事はそれだけでは済まなかった。積まれていた杭が崩れ散って、激流に呑まれている。結んでいた縄が、衝突で切れたか解けたかしたらしかった。

杭はいくつかを束にして縛り、それを重ねていた。崩れたのは、その一つらしかった。

「青山っ」

正紀は叫んだ。青山は激流に落ちてはいないが、勢いよく崩れた杭で大きな怪我をしたかもしれない。しかしそこで、正紀の船の前にも丸太が飛び出してきた。

あっという間のことである。

がしと、大きな振動が全身を襲った。ざぶりと水を被ったが、それ自体は気にもならなかった。正紀は、必死の思いで杭を縛った縄にしがみついた。

せっかくの杭が、水に流されては悔やんでも悔やみきれない。がりがりと、丸太と船端が擦れ合う音がした。

船体は大きく揺れている。

だがぶつかった丸太は、それで離れて行った。どちらも激流に流されているのには変わりがないが、今の場面での船頭の艪捌きは、適切だったのだろう。

植村の乗る船に異変はない。青山の船も、すべての杭を流してしまったわけではなさそうだった。

気が付くと、崩れた筏の丸太や飛ばされた杭は見えなくなっていた。

川は唸り声を上げている。巨大な生き物がいて、それらを呑み込んでしまったようにさえ感じた。

自然の猛威の前では、人の力ではどうにもならないことがある。正紀はそれを実感した。袂にある守り袋を、ぎゅっと握りしめた。

「久保田河岸がみえてきましたぜ」

湾曲する川の先に、建物が見えてきた。油断は禁物だが、ようやく関門の一つを越えられそうだと感じた。

建物がみるみる近づいてくる。船体が右岸へ近づいていった。

二

久保田河岸にも、いくつもの船着場がある。杭を載せることになる二百石の弁才船も停まっていた。荷の積み下ろしがされている。

小鵜飼船で運ばれた上流からの荷を、運び入れているのだ。

激しい流れの中でも、船頭は弁才船に近い船着場に船を停めた。田川からの流れが、ここで合わさって、下流の川幅は広がっていた。

三艘は、ほぼ同時に久保田河岸に辿りついた。

正紀は腹に巻いていた縄を解くと、船から飛び降りた。青山の船に駆け寄ったのである。

「おい。怪我はないか。大丈夫か」

まずは青山の身が気になった。見たところ怪我はしていない。それでまずは安堵した。

「だ、大丈夫です。そ、それよりも、杭を流されました」

青山はとんでもない不始末をしでかしてしまった、という自責の念にかられてか、呻き声と言っていい声で詫びた。

「何を申すか。その方の身に、何事もなかったのが何よりだ」

水に落ちた筏師にしても、何もしてやれなかった。そのことへの忸怩《じくじ》たる思いが、正紀の胸の奥に燻《くすぶ》っている。

「そうだ。ああなったら、どうしようもない。それがしも、冷や冷やしたぞ」

やり取りを聞いていたらしい植村も、言葉をかけた。

「ともあれ、残った杭の数を確かめよう」

青山の無念の気持ちは理解できるが、悔やんでいるだけではどうにもならない。弁才船に移しながら、数を検めた。杭には、念入りに縄をかけていく。

「流されたのは、六十本余りだな」

積み終えたところで、正紀は言った。弁才船には、五百四十本ほどが載せられたことになる。取手河岸に運ばれる、他の荷もあった。

今日は雨もやんだ。ただ前日の大雨があったから、鬼怒川も田川の流れも急だった。また朝のうちは日差しも見えたが、いつの間にか雲がかかってきている。

「どうしますか」

中年の船頭が尋ねてきた。

船を出してもよいかと、荷主に問いかけてきたのである。杭が、荷の八割ほどを占めていた。

川止めにはなっていないものの、その可能性があると船頭は口にした。上流からの水量が、今後さらに増えると予想できるからだ。

正紀にしてみれば、船出に異存はなかった。

茶店で茶を一杯喫し、小用を足した。濡れた衣服は乾いていないが、正紀ら三人は弁才船に乗り込んだ。

帆は上げない。川の流れで充分だ。弁才船は、久保田河岸を離れた。

弁才船は大きいから、小鵜飼船のような小刻みで激しい揺れ方はしなかった。ただ揺れないわけではない。揺り上げ揺り戻す幅が大きいので、体が放り上げられたり、どすんと落とされたりする感覚になるのだ。

「大船でも、下る速さは変わりませんね」

正紀と同様に船端にしがみつきながら、植村が言った。とはいっても、振り飛ばされる恐怖は、前よりも少なかった。

しばらく下ったところで、青山が左の土手を指差して口を開いた。

「下妻藩の領地ですね。晴天ならば、筑波《つくば》の山が見えるはずです」

雲がかかっていて、山の姿は見えない。ただ下妻藩の何者かが、阿久津河岸で弥助を使って杭を隠した。正紀の仕事を邪魔するためにである。

阿久津河岸へ向かうときもここを通ったが、今は土手を見ると、怒りの気持ちが湧いた。

「あいつら、手間のかかることをしてきました。また何か、してくるのでしょうか」

土手のあたりに目をやりながら植村が言った。

「前はしくじっているからな。やれと命じられていたならば、何かするだろう」

「杭を奪う、ということですね」

正紀の言葉に植村は頷いたが、青山は頷かなかった。

「杭を奪うだけならば、阿久津河岸では、もっと捜しにくい場所に隠したのではないでしょうか」

「確かに、やつらが狙っているのは杭ではない。高岡藩のために、おれが役立つことが気に入らないのだ。婿入りには、反対をしているわけだからな」

「ならば、お命さえ、狙うかもしれませんね」

「まさか」

植村の言葉を、青山は打ち消そうとした。しかしそれは、強い否定ではなかった。

「命じるとすれば、下妻藩の江戸家老園田あたりだな。あの者は、そこまでする男か」

「それは……」

返事ができなかった。やるかもしれないと、考えたからに他ならない。

そんなやり取りをしている間にも、船はいくつかの小さな河岸場を過ぎた。勢いはとどまらない。

「下妻藩の領地を過ぎましたよ」

川がいくつかの蛇行を繰り返したところで、青山が言った。

「そうか。それはよかった」

どこかほっとした口調で、植村が応じた。植村なりに、何かあったらと緊張していたのかも知れない。

ただ正紀には、違う考えがあった。何か仕掛けてくるとしたら、下妻藩とは関わらない場所を選ぶのではないか、自国領内で事があれば面倒になるだろう。

「当家とは、関わりのないこと」

他領ならば、知らぬふりができる。ただ正紀は、その考えを口にはしなかった。周囲の川面や土手に目をやった。

はるか前方に、船着場がある。河岸場ではなく、村の者が近隣に行くために使う簡易なものだった。

そこに小舟が繋がれている。小舟には、四人の人影が見えた。今しも、船を出そうとしている様子だ。

「あれは、侍ではないですか」

「そうだな」

船頭は、侍ではなく、三人の侍を乗せているのだ。

こちらの船は下って行き、その船着場に近づいた。そのとき、小舟も川面に飛び出した。

「あれは」

青山が声を上げた。小舟の三人の侍は、頭巾を被っていた。船頭は頭から手拭いを被り、顎で結んでいる。

船頭の艪捌きは見事だった。小舟は押し流されることもなく、ぐいぐいと弁才船に近づいてきた。

三

「あいつら、どうするつもりだ」

植村が、唸るように言った。激流の中なので、小舟の揺れは、弁才船の比ではない。尋常な者のすることとは思えなかった。

すると侍の一人が、手に持っていた縄の先をこちらの船に向けて飛ばした。縄の先には鉤《かぎ》が付いていて、こちらの船端にかかった。

小舟がぐぐっとこちらにせり寄った。船端が擦れ合った。水飛沫を被っているはずだが、侍たちはそれを気にする様子はなかった。

ここでさらに、もう一本の鉤縄を投げつけてきた。これも船端に引っかかり、二本の縄で繋がった弁才船と小舟は、並行して走る形になった。

だがそれだけではない。頭巾の侍は、その縄を伝って、こちらの船に乗り移ってきた。たっつけ袴で、草鞋履き。素早い身ごなしといってよかった。

「おのれっ」

我に返った青山は、腰の刀を抜いた。暴徒の襲撃に対し、反撃に出たのである。だが向こうの侍も刀を抜き、青山に向かって、躍りかかってきた。

刀と刀が音を立ててぶつかった。

そしてもう一本の鉤縄からも、さらに別の侍が乗り移ってきた。別の侍は船上に立つと、すぐに刀を抜いた。

正紀はこれに対峙した。相手よりも先に、刀を抜いている。

揺れる船の上だから、ただ立っているだけでも足を踏みしめなくてはならない。だがそれは、相手も同じだった。

互いに切っ先を向け合った。

ここでさらに、鉤縄を使って三人目の覆面の侍が乗り移ってきた。もう一本の鉤縄からは、船頭までもが上がってきた。

「やっ」

迫ってきた一撃を、正紀は撥ね上げてかわした。船には杭が山積みになっている。狭い場所なので、回り込んでの反撃はできない。

受けた刀を、そのまま前に突き出した。

敵も、身動きに制限があるのは同じだ。こちらの一撃を受けながら、一歩身を引いた。しかし突かれたままではいなかった。

小さく小手を打ってきた。

一瞬の隙を衝いたものだったが、このとき思いがけず船が揺れた。迫ってきた切っ先はぶれた。

正紀はこの間に身を引いている。相手は、なかなかの腕達者だった。

「その方ら、下妻藩の者だな」

と正紀は叫んだ。だが返答はない。頭巾の間から覗く双眸《そうぼう》には、憎悪と殺意が潜んでいた。

「くたばれっ」

相手はもう一度、切っ先を突き出した。こちらの鼻先を狙っている。しかしこれが囮なのは分かっていた。だから撥ね上げたりはしない。本当の狙いは他にある。

身を後ろに引いて、一撃を体を斜めにしてかわした。

空を突いた切っ先は引かれる。これに寸刻遅れる形で、正紀の刀身が追った。今度はこちらが小手を打てるはずだった。

だがまたしても、船が揺れた。今度はかなり大きかった。正紀も相手も、船端に手をつかなければ、転倒してしまうところだった。

二つの体が、それでだいぶ離れた。

このとき、そう遠くないところにいる敵の船頭の姿が目に入った。杭の山にしがみついている。だがそれだけではない。

手に匕首《あいくち》を握っていた。

「おのれっ」

船頭は、杭を縛った縄を切ろうとしていたのだった。こうなると、侍を相手にはしていられない。

正紀は、敵の船頭の方に身を飛ばした。船の揺れが、わずかに収まっている。

正紀は船頭の腕を目がけて、刀を振り上げた。容赦をするつもりはない。前に出ながら、刀身を振り下ろした。

「わっ」

船頭は悲鳴を上げた。鮮血と匕首が宙に飛んでいる。二の腕を、ざっくりと斬りつけていた。相手の体の均衡が崩れている。

そしてまた、船が大きく揺れた。正紀は船端を摑んだが、敵の船頭はどうすることもできなかった。

「ああっ」

体がすっ飛んで、船端にぶつかった。だが勢いがついていたので、船外へ飛ばされた。激流の中に落ちて、水に呑まれて消えた。

そしてこのとき、船上でもう一つ体と体のぶつかり合いがあった。正紀が目にしたのは、鬼の形相をした植村が、賊の一人を船から川へ投げ飛ばした姿だった。

植村は袂を斬られていたが、刀は手にしていない。落としたか何かしたため、組みついたのだと思われた。

植村のような怪力の持ち主に組みつかれたら、身の安全は保てない。

「うおおっ」

と、植村は獣のような咆哮《ほうこう》を上げた。

残った賊は、侍二人だ。ここで形勢は逆転していた。

「殺すな。水に落とすな。捕えろ」

正紀は叫んだ。賊が下妻藩の者ならば、言い逃れのできない襲撃の証拠になる。

だがこのとき、二人の賊の動きは素早かった。刀身を口に銜《くわ》え、そのままになっていた鉤縄に飛び移ったのである。あっという間のことだった。

一同が鉤縄の側に移ったときには、二人の侍は小舟に乗り移っていた。そして銜えていた刀を手に取って、縄を斬り離したのである。

小舟は瞬く間に、弁才船から離れて行った。

「な、何ということだ」

青山が呻き声を上げた。三人は、茫然として離れて行く小舟を見送った。

「あやつら、正紀様のお命を奪おうとしましたね」

怒りのこもった声で、植村が言った。捕えることができなかったのを、悔しがっている。

「いや、杭も落とそうとしたぞ」

正紀が応じた。

「あやつらは、下妻藩の者に相違ありません。激流を小舟で漕いでくるなど、他藩の者ではあり得ませぬ」

青山も腹を立てている。

船がまた揺り上げられ、ばさりと落ちた。三人は船端にしがみつく。流れは激しいままだが、杭を積んだ弁才船は、確実に鬼怒川を下っていた。

四

正紀は、通り過ぎた背後の土手に目をやる。弁才船は激流に乗っているから、すでに下妻藩領の土手を見ることはできない。

あっという間だった。

襲ってきた三人の侍と船頭は、下妻藩江戸家老園田次五郎兵衛によって放たれた刺客だろうと考えた。しかし、国許の者かもしれないという思いもある。ただどちらであっても、自分に牙《きば》を向けてきたのは明らかだ。

江戸を出る前までならば、下妻藩といって頭に浮かぶのは正広だった。上覧試合では負けたが、あの者は、こちらに悪意は持っていなかったと感じている。しかし自分が高岡藩へ入るとなると、事情が変わるのか……。

「あの者も、おれを邪魔者と考えているのか」

胸の内で呟いてみると、純粋な剣の世界とは違うどろどろとしたものを感じる。それは残念だった。

鬼怒川は飯沼《いいぬま》川とも合流して、利根川へ流れ込んだ。

「いよいよ高岡ですよ」

青山が、口元に安堵の笑みを浮かべて言った。船は銚子方面へ下ってゆく。

川幅はさらに広くなった。激流には違いないが、四百石や五百石の弁才船の姿も目に飛び込んできた。

風は川上から川下に向けて吹いている。しかし大型帆船は、それでも徐々に川上に向かって進んでいた。

大きな河岸場が見えてきた。取手河岸である。ここで一部の荷が下ろされ、新たな荷が運び込まれた。

停まったのは、四半刻ほどのことである。

「下妻藩の者が、また現れるのではないでしょうか」

植村は目を凝らして周囲を見たが、それらしい者は現れなかった。弁才船は、さらに川下へ向かった。

見覚えのある集落が見えてきた。昨日の早朝に出立した木颪の河岸である。一晩泊まった旅籠の建物が見えた。まだ一日しか経っていなかったが、正紀にはひどく懐かしい光景に感じられた。

今日はこの河岸には停まらない。そのまま通り過ぎた。ここからは、初めて目にする土地になる。

正紀と植村は船首に陣取って、現れる景色に心を奪われた。これまで目にしてきた岸辺とほとんど変わらない。それでも高岡に迫っていると考えると、特別なものに見えた。

「高岡は、谷戸という地形で、小高い丘と平地でできた土地です」

傍にいた青山が言った。

「谷戸とは何か」

これは前にも耳にしたが、正紀にはその語の意味が分からない。

「台地の縁の部分が、何百年何千年という長いときをかけて、浸食されてできた緩やかな谷のような地形ということです」

「なるほど、水にはあまり困らぬ土地だな」

「はい。表高《おもてだか》は一万石ですが、実高《じつだか》は一万二千石あります」

「ならば藩は、豊かなのではないか」

と言ったのは植村だ。

「米の出来が、平年作ならばそうなります。しかしここ数年は、不作が続いておりますゆえな。禄米の借り上げなども、行われています」

「なるほど」

「確かに高岡は、水にも恵まれています。しかし激流に襲われても支障がないわけではありません。堤が一カ所でも崩れれば、谷状の土地には水が集まります」

「だから小浮村の申彦は、堤の普請にこだわったわけだな」

「はい。そのあたりの事情を、江戸育ちの児島様はお分かりになっておりませぬ。佐名木様は、何度か土地入りをなさっていますし、国許の事情にも耳を傾けてくださいます。これまで大きな決壊などがなかったのは、そうしたご配慮があったからでござる」

そういうやり取りをするうちに、いくつかの河岸場を通り越した。どれも取手河岸や木颪河岸とは及びもつかない小さなものだった。

「ああ。高岡河岸が、見えてきましたよ」

青山ははるか向こうを指差した。弁才船が、右岸に近づき始めている。

「あれがそうか」

正紀は自分が漏らした声に、失望が混じっているのに気が付いた。取手や木颪には及ばないものの、それなりの規模の河岸場だと思っていたからだ。

船着場は三つあるが、建物は古びた納屋が四つと物置小屋のような番小屋、それに川漁師らしい者の粗末な家が四、五軒建っているだけだった。漁網が干してある。

それと言われなければ、見過ごしてしまいそうだった。

対岸には金江津《かなえつ》という河岸場がある。こちらの方が、民家や納屋の数が多いのが気に入らなかった。

銚子《ちょうし》から関宿まで、利根川を上下する水運の中継地点として、多数の河岸場があった。銚子を出た船は、小見《おみ》川や佐原《さわら》をへてこの地までやって来る。取手や木颪の間にある河岸場として有用な場所だと思われるが、その役割は、金江津に奪われているのかもしれなかった。

正紀らが乗る弁才船は、高岡河岸に停まった。

「今日は、五百四十本の杭を降ろしますからね。でもそれがなければ、立ち寄ることはありません」

船頭はそう言った。

「河岸場の先の堤に、人がいますよ」

植村が言ったので、正紀はそちらに目をやった。二十人ほどの者が、忙しげに動いている。土手に木槌で杭を打ったり、土嚢を運んだりしていた。

「堤の普請をしているのだな」

「ええ。すでに送った杭が千四百本あります。あの者たちは、一日でも無駄にはしないでしょう。中には、藩の普請方も交っているようです」

正紀の言葉に、青山が応じた。

「おや、こちらの船に気付いたようです。手を振っている者がいますよ」

植村が興奮気味の声を上げた。自らも手を振った。土手の者たちは、そこで作業を中断して、船着場の方へ駆けて来る。

弁才船は、高岡の河岸に停まった。太い艫綱が掛けられた。そこへ村の者や、藩の侍たちも駆けつけてきた。

先頭を駆けてきたのは、申彦だった。喜びと、感謝の眼差しを向けている。

「竹腰様、いや若殿様」

申彦は一間ほどのところまできて、そこで平伏した。ついてきた村人たちも同様だ。杭の調達について、正紀の労を申彦から聞いているからに他ならない。また婿入りすれば、いずれは領主にもなる。

たっつけ袴を身に付けた藩の侍は、片膝をついて正紀を迎えた。百姓らと共に、堤の普請に関わっていた者たちである。草鞋や袴、袖口に泥がこびりついていた。

「ようこそ、お越しくださされました」

声をかけてきたのは、三十代半ばの日焼けした顔の侍だった。蔵奉行の河島一郎太だと名乗った。

佐名木が、信頼できる者として名を挙げていた藩士である。

「江戸表より、文を受け取っております。そろそろお見えになる頃と、お待ちしておりました」

　と続けた。昨日は岡部が到着している。阿久津河岸での様子を聞いていたので、案じていたのだという。

「うむ。大儀である」

　正紀らは、河島に伴われて土手の上に立った。船上からでは目に入らなかった田の様子が、眼前に広がった。

　この間に、申彦らは弁才船の杭を運び出す。男たちには皆、気合いがこもっていた。

「稲の育ち具合は、どうか」

　平地の中に、小高い丘がいくつかある。その平地の部分がすべて田圃になっていた。川や小さな池もある。青山が言っていた谷戸という地形を思い出した。

　田からは、肥やしのにおいが漂ってくる。

「雨が多く、肌寒い日も続きましたので、良いとは申せません。強い日差しが欲しいところでございます」

　河島は応じた。

　正紀らは、畦道を歩いて行く。丘を避けて過ぎると、その先にまた田があった。どこまでも広がる田ではない。用水のための池らしいものが、ところどころにあった。

近くの池で、小鳥が数羽水を飲んでいる。

「ここからも水を引くのだな」

「余分な水を、田から流すのにも使います。百姓の知恵でございましょう」

小さな起伏がある土地だ。それを活かしているということらしい。

河島は、一行を一番高い丘の上に案内をした。丘には一面に樹木が繁っている。しかし生えているのは灌木が中心で、杭になるような木の質ではなかった。

「おお」

ここからだと、丘の向こうの田も見える。田と一緒に茅葺《かやぶ》きの農家も点在していて、その向こうに利根川が見えた。日を浴びて輝いている。稲は穂をつけているが、首を垂れてはいない。

刈入れにはまだ間がありそうだった。

「ただこのあたりには湿地もあって、新田の開発に適さない土地もあります。充分な日差しがあれば、米作りには適した土地なのですが」

河島は、そんなことも付け足して言った。

違う場所に目をやると、一万坪以上と思われる砦《とりで》らしきものが見えた。土塁によって囲まれている。それが高岡藩井上家の陣屋だった。何棟もの建物があり、敷地内には池や馬場《ばば》も見受けられた。

「では陣屋へ参りましょう。家老の園田様も、ご到着をお待ちしております」

丘を降りて、陣屋へ向かう。腹の奥が、少し熱くなった。

五

陣屋の近くに行くと、土塁は思いがけなく高く堅固な造りだった。手で触れてみると、ただ土を固めたものではなかった。粘土や小石などが交ぜてある。下から見上げると、聳え立つようだった。さらに空堀を備えたところもあった。

万一の攻撃にも、応じられる造りだ。

すでに表門の門扉は開かれていた。城門として弓や鉄砲にも、充分に耐えられそうな門扉の厚さだった。

門の入口から中には、片膝をついた藩士三、四十名が居並んで正紀の到着を待っていた。裃姿で、皆が低頭している。すでに船着場に降り立った段階で、河島が陣屋へ知らせを入れていたらしかった。

正紀にしてみれば、このような出迎えを受けたことはない。仰天したが、ここで怯んではいけない。「おれはいずれ高岡藩の藩主になる者だ」と胸の中で呟いて、己を鼓舞《こぶ》した。胸を張っている。

慌てずゆっくり、玄関式台の前までやって来た。そこで片膝ついて控えていたのが、三十代後半とおぼしい長身の侍だった。

正紀が前に立つと、顔を上げた。

やや面長で、顎が突き出ている。下妻藩の江戸家老園田次五郎兵衛と面差しがどこか似ていた。

「お目にかかれまして、恐悦至極に存じまする。拙者、陣屋をお預かりいたします、園田頼母にございまする。お見知りおきをお願い奉りまする」

目が合うと、すぐに口を開いた。淀みのない声だった。きりっとした眼差しが、正紀を見詰めている。態度物言いは丁寧だが、その眼差しには冷ややかなものを感じた。

だがそれは、目の前の人物が自分の婿入りを快く思っていないと聞いているからかも知れなかった。

「正紀である。この土地については、分からぬことばかりだ。もろもろ、この地のありようを見聞したい」

「ははっ。承りましてございます」

若侍が、濯《すす》ぎの水を持ってきた。その若侍が正紀の草鞋の紐を解き、足を洗った。

御殿内に上がる。掃除は行き届いていた。古い建物に見えるが、柱も梁も太かった。堅牢な造りに見えるが、装飾類は一切なかった。長い廊下をあるいて、庭に面した一室に通された。

十畳の二間続きの部屋である。座布団と脇息が用意されていた。正紀はこれに腰を下ろした。

「さぞやお疲れでございましょう。本日はどうぞごゆっくり」

園田が言い終わると、襖が開いて中小姓らしい侍が茶菓を運んできた。濃いめの茶に、蒸し饅頭が添えられてあった。

正紀はさっそく手を出した。どちらもうまかった。

「利根川の流れは、勢いを増しているようでございます。小型の船は、航行が止められたという話を聞きましてございます」

二杯目の茶に手を出したとき、園田は言った。

「そういえば、利根川に出てからは小舟を見かけなかった」

「上流では、堤が切れたという知らせもございました」

「ならば堤の普請は、急がねばならぬ」

「杭については、ありがたいことでございました」

ここで初めて、園田は杭について礼の言葉を述べ、そのまま言葉を続けた。

「小浮村の普請については、百姓だけでなく、藩の者を使って事に当たっております」

「そうか。次の嵐があれば、どうなるか分からぬからな。藩を上げて行うことは大切だ。隣村の者も、使わねばなるまい」

「そのように、計らいまする」

正紀の提案に、園田はあっさりと同意した。邪魔立てするような発言があるかと身構えたが、それはなかった。

こちらに功を立てさせるのは、面白くない。しかし国家老として、稲が流されることは望んでいないのだ。

「すでにご存じとは思いまするが、当家の領地は、下総三郡、上総の四郡に渡っております」

「年貢を集めるのは手間がかかるな」

「さようで。ただ陣屋周辺にある高岡村、小浮村、猿山村、高村《たかむら》などは、利根川に接して水には恵まれた土地でございます。また谷戸と申す土地柄で、水害にも強いところもあります。ですからこれまでは、取り立てての堤普請はいたしませんでした。その必要がなかったからでございます」

だから申彦の申し出を、受け入れなかったと言いたいらしい。

「だがこの度の長雨は、尋常なものではないぞ。堤が切れて鉄砲水が押し寄せたならば、手のほどこしようがないであろう」

「ごもっともでございます。正紀様のご慧眼《けいがん》とご尽力には、ただただ畏れ入るばかりでございます」

園田は正紀に対して、一切逆らわない。慇懃《いんぎん》な物言いで応じた。しかし正紀の言葉に、共感を示すことは、ただの一度もなかった。

「言葉はともかく、この者はおれを受け入れていない」

と正紀は感じた。

その後、この陣屋の内部について、大まかな説明を受けた。今いる場所が書院で、大名屋敷ならば藩主が執務を行ったり賓客を泊めたりする、中奥に当たる場所だと知った。

「ご滞在中は、ここでお過ごしくださいませ」

園田は中小姓を紹介した。

さらに廊下続きで、藩士が執務を行う本殿があること。他に別棟で評定所やお白洲、藩士の長屋、見張り番所、米蔵、厩舎、藩校や剣術道場、火薬庫や獄舎まであると伝えられた。

「また板塀や垣根、土塁、堀などで囲まれた殿様のお住まいになる屋敷が、陣屋の東寄りにございます」

陣屋とはいっても、城としての機能を備えているようだ。正紀はまだ正式に婿入りをしていないので、藩主の住まいには入れない。

「明日にでも、ゆっくりご覧いただきたく存じます」

園田はそう言った。しかし正紀は、のんびりするつもりはなかった。ただまだ昼飯を済ませていなかったので、手早く済ませた。

着替えをするように言われたが、断わった。

「おれも、堤普請の中に加わるぞ」

と告げたのである。

空模様は、徐々に雲がかかってきた。また雨かとうんざりした。

「そのようなことは、なさらずとも。百姓や藩の者が行いまする」

園田は驚いた顔で言ったが、正紀はやると決めていた。植村と青山を呼び出すと、二人ともそのつもりでいたのである。

「では、参りましょう」

青山がそう言った。阿久津河岸から、命懸けで運んできた杭である。普請が済むのを、ただ待っているつもりはなかった。

陣屋は高岡村にあり、それに隣合わせているのが小浮村だった。草鞋履きの襷掛けで三人が陣屋を出ると、数名の若い藩士もついてきた。

普請の現場には、すでに五百四十本の杭が運ばれていた。作業はすでに再開されている。川のごうと流れる水音の中に、杭を打つ槌音も加わっていた。

大槌を使う者、杭を支える者、土嚢を運ぶ者など、手際よく動いている。雨が多いので、畦道に泥濘が多いが気にしない。慣れているからか、足を滑らす者などいなかった。

「これは若殿様、畏れ入ります」

正紀らの姿を見て、中彦は駆け寄ってきた。

「我らも作業の中に入るぞ」

「いや、それでは申し訳が立ちません」

中彦は恐縮した。

「人手は、少しでも多い方がよかろう」

正紀がそう告げると、「へえ」と頷いた。

「堤の普請に入っているからといって、田をほったらかしにしているわけではありません。しなくてはならぬことは、山ほどあります。でもこっちをやらねえわけにはいかねえので、手分けをしています。ですから人が増えるのは、ありがてえことでございます」

「では、中に入るぞ」

「お願いします。ただ充分にお気を付けくださいませ。足を滑らせ、水に呑まれたら、どうする手立てもありませんので」

できるだけ水辺から離れたところに、いてほしいと告げられた。

「うむ。邪魔にならぬようにいたそう」

杭を打つにしても、土嚢を運ぶにしても、川のぎりぎりのところでなくては意味がない。自分で注意をするしかなかった。

怪力の植村は、大槌を手にした。

土手の際に立つと、思ったより強い風が吹いていた。激流から水飛沫も飛んで来る。足元が緩く、土に足がめり込んで滑りそうになり、どきりとした。

「では行くぞ」

焼き杉の杭を手にした正紀が、両足を踏ん張る。半間（約九十センチ）先は激流が流れ、土手を侵食していた。そこに杭を突き立てた。渾身の力を込めて差し込む。

正紀と植村の二人がかりでやった。

杭の長さは六尺（約一・八メートル）から七尺（約二・一メートル）あって、人の背丈より高い。始めは地盤が緩いから、地べたの中に尖った先が食い込んでゆく。しかしそれだけでは、意味がない。激流にも耐えられるところまで、念を入れて打ち込まなければならなかった。

これ以上どうにもならなくなったところで、正紀が杭を両手で支える。そして植村が、大槌を振り上げた。

杭の頭を打つ槌の音は、耳元で聞くから大きい。手も痺れた。しかし杭が地べたにめり込む様は、見ていて心地よかった。

二度三度と、植村は杭の頭を打ち付ける。ずんと地べたが震える。こういうときの植村は、逞しく感じた。

十数人の者が、この作業をしている。二本打ち付けると、そこを支えにして他の者が土嚢を積んだ。

「おい、杭が緩いぞ。打ち直せ」

ときには怒声《どせい》が飛ぶ。杭打ち一つにしても命懸けだが、一カ所でも弱い部分があれば、水はそこを突いてくる。すべての作業が無になるから、誰もが真剣だった。

何本か杭打ちをして行くと、何となく要領が分かってきた。少しずつ動いて行く。同じ堤でも、場所が変われば、土の質や崩れ具合も変わってくる。それに応じた足の位置や体の向きなども、無駄がなくなって行く。

ただ半刻、一刻と過ぎると、同じことの繰り返しなので緊張が続かなくなる。

「うわっ」

正紀のすぐ後ろで、絶叫が上がった。足を滑らせた百姓がいたのである。杭にしがみついているが、その杭がぐらついている。足を踏ん張ろうとするが、足元の土が激流に流された。

横にいた正紀は、その男の手を握った。とっさに腕が伸びたのである。

ほぼ同時に、男の足元の土が完全に崩れた。正紀の握った手に、男の全体重がかかった。激流に流されようとする体である。

「何の」

負けまいと、正紀はここで足を踏ん張った。だがその足元が、泥濘で滑った。水飛沫が、ばさばさと当たった。

激流が目の前にある。だが握っている手は離せない。流れの中にいる百姓も、必死だった。濡れた手は、今にも滑って離れそうだ。

足と腕に、渾身の力をこめた。

しかし体勢は変わらない。腕に痛みが走った。一瞬、百姓もろとも水に流されるかと、正紀は覚悟した。

だがこのとき、自分の腰を両手で摑まれ強い力で引かれた。ずるずると体が岸へと引きずられる。正紀と百姓の体が、堅い地面の上に引き上げられた。

「もう、大丈夫ですぞ」

ほっとした顔で、植村が言った。ばらばらと、傍に人が寄ってくる。

「あ、ありがとうごぜえやした」

救われた百姓が、正紀と植村に頭を下げた。

「いや、それがしだけではない。それがしの体を、支えた者がいた」

周囲にいた百姓たちが、植村の体を摑んだのである。

「雨が降ってきたぞ。地盤が緩んでいるからな。足場には、充分気をつけろ」

中彦が叫んだ。

気が付くと、雨が降り始めていた。それでも、作業は続けられた。隣村からも、手助けの者が来ている。

「ここらで止めましょう」

正紀のもとへ、中彦がやって来た。夕暮れどきになっていた。続けられないわけではないが、これ以上暗くなっては、危険が増す。

「よし。ここまでにしよう。何かあっては、取り返しがつかないからな」

と正紀は応じた。

「でも、ずいぶん進みました」

中彦は、補修を済ませた堤の部分に目をやった。

「雨が、激しくならなければよいがな」

「はい。後一日あれば、何とかなるのですが」

恨めしそうに、中彦は空を見上げた。

夜は食事の後、書院で組頭や奉行職の者と顔合わせをした。酒も少し飲んだ。その席には園田や河島もいた。

早朝から長い一日だったので、酒席は早々に切り上げた。明日に向けて、ぐっすりと眠っておきたかった。その正紀のもとへ、青山が訪ねてきた。

雨と風の音が、強くなっている。

「どうした」

深刻な顔つきなので、正紀の方から尋ねた。

「今日の夕刻に、不審な二人の侍が村に入ったそうでございます」

と青山は声を潜めて言った。少し前に、申彦がやって来て話したという。村人が目にして、申彦に伝えたのである。藩の者ならば、すべて顔を知っている。

めったにないことなので、村人は申彦に話したのだ。

「おれの命を、奪おうというのか」

昼間の、鬼怒川での出来事を思い起こして正紀は口にした。

「間違いないでしょう」

青山は厳しい顔をした。

「その者らは、今夜はどうしているのか」

高岡河岸には、旅籠などない。どこかの百姓家に泊まれば、その話はすぐに伝わる。

「園田は刺客に、力を貸すかもしれません」

「なるほど」

下妻藩江戸家老とは、又従兄弟の関係だ。ここまでくれば、堤普請の邪魔はしないにしても、正紀の命を奪おうとはするだろう。弁才船を襲撃してきた者のうち、二人が船から逃げ出している。

「あいつらだな」

と正紀が言うと、青山は頷いた。

六

高岡藩上屋敷に、下妻藩の井上正広と園田次五郎兵衛がやって来た。佐名木は児島と共に、二人を迎えた。

児島の用部屋である。そろそろ夕暮れどきといった刻限である。

正午あたりまでは空に晴れ間があったが、徐々に雲が空を覆って、ぽつりぽつりと落ちてきた。風が出始めている。

「いやな空模様ですな。また嵐にならなければよいが」

挨拶の言葉として、児島がそんなことを口にした。

八月もそろそろ半ばになるが、九月になると重陽の節句がある。その折には浜松藩邸内で、一門の祝いの集まりが行われる。宴席を持つだけでなく、本家分家でそれぞれ菊花壇を設えるなどもした。

分家同士の役割を確認するために、正広と園田が顔を見せたのだった。

打ち合わせが済んだところで、正広は座を外した。京のところへ、話をしに行ったのである。よほどのことがなければ、二人は短い間でも話をする。姉弟のような間柄と言っていい。

三人になったところで、園田は正紀の下総行きについて話題にした。

「堤普請のための杭を、運ばれておられるそうな。英邁《えいまい》な方でござるからな、見事お役目を果たされることでござろう」

「いやいや、楽しみでござる」

児島は言葉通りに受け取って、口元を緩めた。

「高岡藩も、安泰でござるな」

佐名木はそれらの言葉を、嫌味として受け取っていた。手練れの家臣瀬川数馬の他二名の家臣を、阿久津河岸へやったことは耳にしている。瀬川らの妨害が、必ずあるはずだと踏んでいた。

正紀は無事に役目を果たしているか、気になっていた折も折である。杭を運び出したという知らせは、まだ届いていなかった。

「下妻藩にも、心強い跡取りがおられるではないか。しかも血の繋がったお方が」

児島が、園田の言葉に応じた。藩主正棠の長男正広のことを言っている。

「いかにも。正広様も、傑物でございまする。上覧試合では、正紀様を負かされた。おそらく高岡藩に入られても、正紀様に劣らぬご活躍ができたかと存じまする」

園田は直接にではないが、正紀よりも正広の方が勝っていると言っていた。

「ふん」

と佐名木は、心のうちで思う。ならば下妻藩の後継ぎにすればよいではないか。正広は正室が生んだ長子である。

園田は正棠の意を汲んで、正広を高岡藩に押し込み、正建を継嗣に据えようと企んでいる。その企みは、正紀と京との祝言が決まっても、捨ててはいないようだ。

瀬川ら三人の藩士を江戸から出したことが、それを証明している。命を奪う気だ。

ただこれらのやり取りは、雑談の域を出ない。

打ち合わせが済んだ後、園田を別室で待たせて、佐名木は正広と二人だけで話をした。正広の方から、望んできたのである。

「京様から、うかがいました。正紀殿は、高岡へ参られたそうですな」

藩邸では誰からも知らされず、京から聞いて知ったのである。それを不満に思う気配が口ぶりにあった。

「さようでございます」

「瀬川他二名が江戸を出ましたが、それと関わりがあるのであろうか」

正広にしてみれば、佐名木は他藩の者である。にもかかわらず問いかけてきたのは、正広には何も伝えられていないということを示している。

「いきなり出て行ったが、そのわけを尋ねても、園田は言葉を濁しおった」

「知らせたく、なかったのでございましょう」

佐名木は頷いた。それは正広が、園田の企みの中では蚊帳《かや》の外に置かれていることを察したからである。正広は、園田の企みに同意しているのではないか。そう考える気持ちが、どこかにあった。

だがそれは、正広の今の言葉で払拭された。ならば話してもよかろうという気持ちに、佐名木はなった。

「瀬川らが屋敷を出たのは、正紀様の杭の受け取りを妨げる意図があったからだと、こちらでは考えております。園田殿には、正紀様を高岡藩には入れたくない事情がおありのようでござる」

藩主正棠も承知の上だろうとは、さすがに言えなかった。正室とは不仲でも、正広にとって実父であることは変わりない。

ともあれ、正紀が杭を入手し阿久津河岸に出かけた顚末を伝えた。

「そうか。やはりな」

正広に、驚いた様子はなかった。ただ寂しげな気配が、面差しに浮かんだ。

「やはりとは、どういうことで」

佐名木が尋ねると、正広は恥じらいのある顔になって口を開いた。

「園田らは、それがしを下妻から出したがっているのではないかと、感ずることが何度かある」

「…………」

佐名木には、返答ができなかった。寂しげに見えた面差しのわけが、伝わってきた。根には実父正棠と母の、不仲がある。十五になっても、継嗣の届け出が出されていない。藩内での己の立場について、何度も振り返ったに違いなかった。

「園田殿と、話をなさることは」

「ほとんどない。決まったことを、伝えられるだけだ。まあそれで支障はないからな。拙者は剣術に打ち込みさえすればよかった」

剣術に向かうしかなかったと、告げられた気がした。

「しかし見事な腕に、なられたようで」

「いや。まだまだでござる」

そこで佐名木は、正紀のことを話題にした。正広を励ましたいという気持ちになっていた。

「正紀様が今、堤普請にお心を向けられているのは、上覧試合においてあなた様に負けたことが、根にあるようでございます。自らの不覚を、何かで挽回したい。そういう願いがあるのだとお見受けしております」

上覧試合の翌日、正紀は戸賀崎道場で、何度も何度も上覧試合の負けた場面を検討し直していた。その真剣な眼差しは、佐名木の脳裏に焼き付いている。

「うむ」

少しの間、正広は考える様子を見せた。そしてくすっと笑ってから、口を開いた。幼さが表情に浮かんでいる。

「いや、あれは時の運でした。呼吸が一つ違っていたら、それがしは負けていたと存ずる」

口先だけの言葉だとは感じられなかった。懐かしい気持ちで、試合を思い出しているようだ。

「お二人の上覧試合、拝見したかったですな」

これは佐名木の、偽らざる気持ちだった。

ここで正広は、居住まいを正してから口を開いた。

「正紀殿には、無事お役目を果たしていただきたい。それがしがお力添えできることがあれば、言ってもらいたい」

言葉には、決意がこもっていた。

「その折があれば、お声がけをさせていただきます」

佐名木は応じた。

「ではこれにて」

正広は立ち上がろうとしてから、「ああ」と声を漏らした。言い残した何かがあるらしい。

「先ほど京様と話をいたした。その折、京様は、正紀様の身を案じておられた」

「ほう。そのようなことを、口になさいましたか」

雨風は止まない。新たな嵐が近づいている気配もあるが、佐名木はほっとした気持ちで、正広の言葉を聞いたのだった。

第五章　行徳河岸

一

夜から朝にかけて、風雨は激しくなった。建付けの悪い建物ではないが、それでも戸が音を立てた。

わずかに空が白みはじめたころ、高岡陣屋の門扉を叩く百姓がいた。ずぶ濡れで裸足、髪がべったりと頭に張り付いている。

「堤が、堤が切れそうです」

百姓は門番に叫んだ。

この百姓の話を、正紀や植村も聞いた。

「か、川の音が、いつもと違った。そ、それで堤を見に行ったら、まだ普請の終らねえところが、もうぎりぎりまで水が来ていて」

村の者は女、子どもを除いて、すべての者が堤へ向かった。杭打ちと土嚢積みを始めたのである。

端から順にではなく、危ないところから手をつけ始めた。

「で、でも、そういうところがいくつもあって」

悲痛な声だった。手助けを求めてきたのである。

「すぐにも参らねばなるまい」

「さようで」

正紀の言葉に、河島が反応した。まだ食事も済ませていない。腹が減っては仕事ができないので、拵えさせた握り飯を大慌てで腹に押し込んだ。

草鞋履きで、蓑笠をつけた。用意ができた者から、陣屋を飛び出した。他の村にも、助勢を命じている。

「急げ。しかし、命は惜しめよ」

正紀はそう叫んで、陣屋を飛び出した。腰には脇差を差し込んでいるだけだ。大刀は、仕事の邪魔になる。

植村や青山ら藩士も続いている。横殴りの雨だ。上からも横からも、いや下からも吹きつけてきた。

　ばしゃばしゃと水を撥ね飛ばして、正紀らは走った。木切れや葉のついた枝などが飛んでくる。目を開けると、雨が目の玉を襲ってきた。蓑笠をつけていても、半丁（約五十五メートル）も走らないうちに全身がびしょ濡れになった。

　丘を回り込んで、川の見えるあたりに出た。川は雨でけぶっている。しかしその存在は、激流の音で知らされた。巨大な獣が通り過ぎて行く。その咆哮のようだ。地響きが、足元から伝わってくる。

　田も稲も、風雨に打たれている。稲は今にも飛び散るのではないかと感じたが、健気に耐えている。何としても守らなくてはならなかった。

　土手に出ると、中彦が駆け寄ってきた。他の者たちは、顔を歪めて土嚢を運び、大槌を振り下ろしていた。豪雨の中では、槌音は響かない。

「あそこと、あそこをお願いいたします」

　中彦は指を差した。見ただけで分かるくらい、土盛りが低くなっている。

　侍たちも、指示された持ち場に分かれた。まずは杭と大槌を運ぶ。

　風雨が体を押してくる。足場が緩い。よく踏みしめていないと滑りそうだ。しかも風向きが、微妙に変わってゆく。

ぎりぎりのところに、杭を突き立てる。力の限り押し込む。侵食してくる激流で、足の置き場にも工夫が必要だった。踝《くるぶし》のあたりまで、水に浸かる。

植村が、風雨をものともせず大槌を振るった。

杭がめり込んでゆく。そこに水が流れ込んで、根元を隠した。一本ごとに、場所を移す。その後へ、村の者が土嚢を運んできた。

他のことは考えられない。ただ目の前の杭を打つことだけで、やっとだった。足を滑らせそうになって、打ち終えた杭にしがみつくこともあった。

叩きつけてくる雨に向けて口を開ける。その雨水を飲み込んだ。

どれほど同じ作業を繰り返したか。手元に杭がなくなった。正紀は取りに走る。植村は杭打ちの甘いところを打ち直した。

杭が積んであるのは、堤に近いが小高くなっている場所である。

「おおっ」

ここへきて、正紀は声を上げた。杭の数が、大幅に減っている。残っているのは、百本余りだったからだ。

終わりが見えてきた、という感慨が込み上げていた。堤普請は、百姓や藩士の必死の思いの中で進められている。

「さあ、続けよう」

高揚した気持ちになって、正紀は杭を摑んだ。両手に抱えられるだけ持ち上げた。そのとき、近くに人の気配を感じた。

初めは、杭を取りに来た百姓だと思った。声をかけようかと振り返ったが、そうではなかった。蓑笠をつけた二人の侍である。しかも頭巾を被っていた。

腰の大刀に手を添えている。

「昨夜村に入り込んだ、下妻藩の侍だな」

正紀が声を上げたとき、二人の侍は抜刀した。片方の侍が前に出てきた。正紀はその侍へ向けて、手にあった杭をぶちまけた。

侍はそれで身を引いたが、もう一人の侍が前に踏み込んできた。刀身を突き出している。

「やっ」

正紀は横に飛びながら、腰の脇差を抜いた。大刀はないので、これで応戦するしかなかった。

敵の刀身が、雨粒を割って飛んできた。素早い動きだ。正紀は前に出て、やっとのことでこれを弾いた。すると相手の刀が、次の動きに移る前にわずかに止まった。

「たあっ」

正紀は、その喉元に一撃を加えた。だが切っ先は、一寸（約三センチ）に満たない距離で届かなかった。

敵は正紀の脇差を払って体の向きを変えた。さらに刀身の角度を変えて、こちらの肩先を狙って振り下ろしてきた。

正紀はさらに体を横に飛ばした。だが足元は泥濘だ。足がずるっと滑っている。

「覚悟」

相手が声を上げた。刀身が、追いかけてくる。正紀は脇差で受けたが、体勢は立て直せなかった。脇差は飛び、体は地べたに転がっていた。

そこへ、もう一人の侍も踏み込んできた。正紀の体を、上から突き刺そうとしている。

「くそっ」

このとき手に触れたのは、地べたに転がっていた杭だった。これを摑んで、力任せに前に振った。思いがけない力が出た。それががしと音を立てて、振り下ろされた刀身とぶつかった。

正紀の手には衝撃はない。相手は、刀を取り落としそうになった。

　この隙に正紀は立ち上がった。杭を摑んだままだ。先の尖った方を相手に向けている。

　許せない、という気持ちだ。執拗《しつよう》に自分の命を狙ってくることへの怒りもあるが、すべてではない。こうしている時間さえ、もったいないと思うのである。目の前の二人は、堤普請の妨害をしている。

「やあっ」

　杭の先を片方の侍に突き込んだ。杭は長くて太いから、動きとしては鈍くなる。けれども負ける気はしなかった。

　ただ動きは、相手の方が速かった。もう一人が横に回り込んでいる。そこから刀を振ってきた。

　正紀は身を引いたが、手にある杭がその動きを邪魔した。体を斜めにしてかわしたつもりだったが、袖を斬られた。

　二人の相手は、焦っていない。じりと間合いを詰めてきた。正紀は後ろに下がる。するとまた、泥濘に足を取られた。

　その隙を逃さず、二つの刀身が、正紀の脳天を目指して迫ってきた。

　丸太を振っても、一つしか凌げない。体をずらすゆとりもなかった。ところがこで、斜め横から新たな丸太が飛び出してきた。正紀を突こうとしていた侍の、体を突く勢いがあった。

「殺してやる」

現れた丸太の持ち主が叫んでいた。巨漢である。植村だった。他にも、杭を構えた人の姿があった。百姓たちである。

「殺すな。捕えろ」

正紀は声を上げた。ほぼ同時に、植村が杭を突き出している。

相手は大きく後ろに下がった。もう一人の侍も同様だ。二人は顔を見合わせると、嵐の雨の中を逃げ出した。

杭を持った百姓が追いかけたが、刀しか持たない侍の足は速かった。瞬く間に、嵐の向こうへ消えた。

「お怪我はありませんか」

植村が案じ顔で言った。杭を運ぼうとしてここへやって来た百姓から、襲撃を知らされた。作業を中断して駆けつけたのである。

風雨は収まっていない。

「よし。再開だ。急ごうではないか」

百姓たちはそれぞれの持ち場へ散った。杭打ちと、土嚢運びがまた始まった。昼飯は、近くの農家で女房たちが集まって握り飯と味噌汁を用意した。侍も百姓も、夢中で頬張って腹に入れた。そして堤に戻ったのである。

激しかった風雨が、正午過ぎたあたりから徐々に弱まった。とはいっても、激流が収まってきたわけではない。ぬかるんだ地べたの様子も変わらなかった。

そして最後の杭が、川端のぎりぎりのところに打ちつけられた。土嚢五つが、これに被さるように積み上げられた。

「よし。出来たぞ」

誰かが叫んだ。打つべき杭を打ち、用意したすべての土嚢を積み上げたのである。普請に当たって、やるべきことをすべて済ませたことになる。

「いや、これで終わりではないぞ」

中彦が叫んだ。まだ、浮かれるわけにはいかない。

「そうだ。今夜から明日にかけて、上流から奔流が押し寄せてくるぞ」

誰かが言った。一同にあったほっとしていた気配が、それで引き締まった。おりしも夕暮れどきになっている。雨と風はほとんど収まっていた。

嵐は過ぎ去っていった。それだけが確かだった。

二

堤普請で、なすべきことは済ませたが、それで完璧だとは誰も思っていなかった。自然は人の営みなど、歯牙にもかけない。補強をした堤や、あるいは思いもかけない場所を、激流は突き破るかもしれなかった。

「まだ陣屋へ戻ることは、できまい」

正紀は申彦に告げた。これには河島や青山も同意している。

「はい。川を見張りましょう。危ういところがあったら、ただちに手当てをするのです」

居合わせた者たちは、頷いた。川に近い百姓の家に、分散して泊まり込む。河島は、陣屋から龕灯《がんどう》や松明《たいまつ》を持ち寄せた。

これから夜になる。交代で、寝ずの番を行わねばならない。篝火《かがりび》も焚いた。

食事を済ませると、誰にも疲れが襲ってくるようだ。田圃の世話と並行して、何日もの間、百姓たちは土嚢作りの仕事をしてきた。腰を下ろすと、すぐにうとうとし始める者も少なからずいた。

見廻りは、四人五人と、複数の者で行う。すべての者が龕灯や松明を手にした。正紀と植村、そして三人の百姓が見廻りをする番になった。まずは足元を照らす。

川の轟音は、夜になってさらに大きくなっていた。

「川上で降った雨が、流れてきていますね」

「うむ。ますます水量は多くなるだろうな」

正紀と植村のやり取りに、百姓たちが頷いた。

積み上げた土嚢のあたりに、龕灯の光を当てる。水嵩は、夕暮れどきよりも明らかに高くなっていた。ただ補強した堤を越えるまでには至っていない。

「まだまだ大丈夫だ」

一同は、胸を撫で下ろした。それでも、丁寧に見て回る。手を入れなかった土手のあたりにも、光を当てた。そして農家に戻り、交代をした。

横になると、すぐに眠りに落ちた。夜の見廻りは、三度回ってきた。

そして朝になった。野分が去って、空には雲もなかった。東の空から、眩しい光が利根川の川面を照らしていた。

流れは激しいままで、水嵩は増している。しかし堤が破られることはなかった。

正紀は明るい日差しの中で、普請の跡を検めた。一部手直しをしたところもあったが、おおむね堤に問題はなかった。

「今の水位を見ると、元の堤のままならば、いくつか破られていたところがありますね」

「うむ。放っておいたならば、今頃田は水に流されていたであろう」

中彦と河島が話していた。

それを聞いた正紀と植村は、顔を見合わせた。己のしたことが、役立ったと実感したのである。

「おう」

村の者や普請に関わった藩士たちは、声を上げた。藩士領民の気持ちが、一つになっていると正紀は感じた。

園田頼母は、数名の家臣を連れて堤の普請現場に現れた。

「水量はまだ増えると存じますが、おそらくこれまでのように凌げると存じます。まずはご尽力、畏れ入りましてございます」

と丁寧に頭を下げた。

感服などしていない。「これまでのように凌げる」という言葉が、正紀の気持ちに棘《とげ》を刺した。普請に関わった者たちの労を、小さくしている。

おおかた普請が済んで、知らぬふりはできないということで、やって来たのだろう。伴ってきた家臣も、慇懃ではあるが、眼差しは冷ややかだった。

「正紀様を襲った、不埒《ふらち》な者がいるとか。さっそくに追っ手を放っております」

と白々しいことを口にした。すでに領内から逃がしているのは、明白だった。

「狸め」

と思うが、口には出さない。

その日正紀は、江戸の佐名木に宛てて書状をしたためた。阿久津河岸へ赴いたときから、ここまでの詳細を記したのである。これは、青山が河岸まで行って、立ち寄った船に申し送りを依頼した。

正紀たちはさらに二日、利根川と堤の様子を検めた。

「川の流れは激しいですが、堤は盤石ですね」

申彦が頭を下げた。

「その方の思いが、天に通じたのだ」

「いえ、そうではありません。若殿様の、ご尽力でございます。江戸のお屋敷前で、巡り合えた私の、いや村の幸せでございます」

小浮村の者だけでなく、隣の高岡村、そして利根川には接していない大和田村や高村の者まで、感謝をしていると申彦は言い足した。

居合わせた村の者たちは、両膝を地べたについている。自分へ向ける眼差しは、園田やその家臣とはまったく違っていた。

「よし。この地の安寧のために、これからも皆で力を尽くそう」

正紀は村人たちに告げた。ひとまずこれで、役目を終えたのである。

「胸のつかえが、ようやくおりました」

植村が口にしたが、それは正紀の気持ちでもあった。まだ高岡にいたい気もしたが、そろそろ戻らなくてはならない。大名家の子女が、長く江戸を離れていることは許されない。また正国や佐名木に、自らの口で顚末を伝えたい気持ちもあった。

袂に入れたままになっている守り袋に、正紀は手を触れさせた。京の面影が脳裏に浮かんだ。


正紀と植村それに青山の三名は、翌日の朝、高岡を発つ上りの弁才船に乗り込んだ。

「お世話になりました」

「村はこれで救われました」

船着場まで、申彦を始めとする村の者が見送りに来た。その者たちは、川が蛇行して姿が見えなくなるまで、船着場に立って手を振っていた。

「あの者たちは、正紀様が婿入りなさることを、喜んでおります」

青山がそう言った。

「そうか」

正紀にしてみれば、できることを精いっぱいやっただけである。ただまた何か事があれば、命懸けでやるぞと、それは胸の内にある変わらぬ覚悟となっていた。

乗り込んだ弁才船は、五百石の大きな船だった。荷だけでなく、人も乗せていた。商人や侍はもちろん、香取神宮や鹿島神宮、息栖《いきす》神社を巡ってきた参拝者の姿もいくたりかあった。

主人の代参だという若い職人ふうもいたが、隠居の老夫婦の姿もあった。

旅のつれづれだと思うから、正紀は声をかけた。次はいつ江戸を離れられるか分からないから、できるだけ多くの者と話をしようと考えたのである。

「私共は、行徳にある塩問屋の隠居でございます。倅に代を譲りましたので、お参りの旅に出て、戻るところでございます」

老人は、桜井屋長兵衛《さくらいやちょうべえ》と咲《さき》だと名乗った。長兵衛は白髪で頬骨の出たうりざね顔をしており十八、九歳の小僧を供に連れていた。

「おれは江戸の旗本の次男坊でな、正紀と申す。知行地を見てきたところだ」

竹腰家や井上家の名は出せないので、少し嘘が交じった。

「下総の土地は、いかがでございましたか」

長兵衛が尋ねてきた。

「うむ、面白かったぞ。よい土地であった。また行ってみたいな」

これは正直な気持ちだ。

長兵衛夫婦も木颪河岸で降りて、陸路を行徳へ向かうという。香取神宮など東国三社を巡ってきたので、女房の咲はだいぶ疲れている様子だった。

乗っている船は、五百石の大型船である。それでも利根川の流れはまだ衰えを見せていないから、船はそれなりに揺れた。

「おい、大丈夫か」

俯いた咲が、頭を抱えている。船酔いをしたらしかった。長兵衛はどうしたものかと、困惑顔だ。

それを見ていた正紀は、腰の印籠に手を添えた。旅立ちのときに、京から与えられた品である。万病に効く丸薬だと聞いていた。

「どうであろうか。これを飲んでみては」

印籠を出して、丸薬を長兵衛の掌《てのひら》に載せた。見た目は、どういうこともない。

「ありがとう存じます」

困っていた長兵衛は、咲に丸薬を勧めた。腰にあった水筒《すいづつ》も与えている。

咲は少し躊躇う気配を見せたが、苦痛には代えられないと思ったのかもしれない。

丸薬を受け取って、三粒飲み込んだ。

すぐにどうにかなるものではない。だがしばらくすると、咲の表情が変わってきた。

「どうだ」

「だいぶ良くなったようでございます」

口元に、小さく笑みを浮かべた。

「それは何よりだ」

正紀にしても、それは嬉しかった。京が持たせてよこした丸薬が、役に立ったのである。

船は木颪に着いた。ここで正紀一行と、長兵衛らが降りた。

「懐かしいな」

ここの旅籠で、最初の宿泊をした。その建物を見上げたが、今回は泊まらない。日はまだ高いところへ行っていない。陸路を行徳へ向かう。

三

木颪の河岸場は、近辺では取手に次ぐ水陸の要衝だから、建物も人の数も多い。陸路運ばれた荷を船に載せたり、水路で運ばれた荷を馬の背や荷車に載せ替えたりする。その荷降ろし人足や馬の轡《くつわ》を取る馬子《まご》、駕籠《かご》舁きといった者が、問屋場や船着場にたむろしていた。

「安くするから、乗っていきねえ」

駕籠舁きが、長兵衛夫婦に声をかけた。供の小僧を連れた身なりのいい老夫婦は、銭を持っていると考えるのだろう。駕籠舁きだけでなく、馬子からも声をかけられた。

「どうぞ、お休みになってください」

茶店のおかみが、愛想《あいそう》よく手招きした。

正紀ら一行は、一休みするつもりも駕籠や馬に乗るつもりもない。明日には江戸に着きたいと考えているから、街道を歩き始めた。

だがそのとき、背後で男の怒声が響いた。振り返ると、数人の破落戸《ごろつき》ふうが長兵衛夫婦と小僧を取り囲んでいる。

「ぶつかってきたのは、おめえらだ。それをなんだ、おれたちが言いがかりをつけているようなことを抜かしやがって」

「そうだ。年寄りだと思って優しくしていればつけ上がりやがって」

破落戸たちは、威嚇している。咲や小僧は、おろおろしている様子だ。

「いいえ、そうではございません。ぶつかってきたのは、あなたたちでございます」

長兵衛は、怯んではいなかった。毅然として応じている。

「何だと。ではおれたちが因縁をつけているとでもいうのか」

「さようでございます」

「この野郎」

破落戸の中でも、歳若な男が怒声を発して、長兵衛を突き押した。かなり力が入っていて、長兵衛の体は咲にもぶつかって、二人とも地べたに転がった。

「な、何をする」

怯んでいた小僧だが、さすがに主人が狼藉《ろうぜき》を受けてはそのままにできない。間に立って、庇う姿勢を見せた。

「この野郎」

若い破落戸は、小僧に殴りかかった。横から蹴りを入れた者もあった。小僧も地べたに転がされている。

周囲には野次馬がいるが、止めに入る者はいない。とばっちりを受けるのを嫌がっているのだ。

「このままでは、怪我をするな」

「はい」

正紀の言葉に頷いた植村と青山は、破落戸たちに近づいていった。植村は小僧を蹴っている若い男の襟首をむんずと摑むと、力任せに引いた。

「ひっ」

男の体は、一瞬の後には地べたに転がっていた。

「何だ、このサンピン」

破落戸たちは、言葉だけは威勢がよかった。しかし巨漢の植村を前にして、目は驚きと焦りを見せていた。しかもその横には青山も身構えて立っている。

二人とも、怒りの眼差しを破落戸たちに向けていた。

「お、覚えていやがれ」

破落戸たちは、捨て台詞を残して立ち去って行った。

「大丈夫か」

正紀は起き上がれないでいる咲を抱え起こした。

「ありがとうございます」

咲は感謝の言葉を口にしたが、すぐに「ああ」と顔を歪めた。地べたに転ばされたとき、どうやら足首を捻挫したらしかった。手を添えていないと、立っていられないほどである。

長兵衛も正紀らに礼を言ったが、明らかに困っている顔だった。

茶店の縁台に座らせ、足首を触わると、咲は呻き声を漏らした。歩ける状態でないのは明らかだった。

「どうだ。馬に乗せては。我らも行徳へ参るからな、共に参ろうではないか」

正紀は言った。捨て台詞を残して逃げた破落戸たちが、このまま引き下がるかどうか分からない。放ってはおけない、という気持ちになっていた。半日、江戸への到着が遅れるかもしれないが、仕方がない。

「そうしていただければ、ありがたいことでございます。でも、お急ぎなのではありませんか」

「いやいや、それほどでもない。その方らも、ここで泊まるわけにもいくまい」

ということで、咲は馬に乗せることにした。宿場ごとに、馬を乗り継いで行く。

すでに往路で歩いた道である。田に囲まれた道を進んだ。

向こうから、馬子が馬の背に俵物や藁筵に包まれた四角い荷、樽などを載せて現れた。正紀がすれ違うその様子に目をやっていると、横にいた長兵衛が口を開いた。

「あれは行徳から木颪へ向かう、陸路の輸送をしている者です。あの荷の中には、塩も含まれていると存じます」

「そなたの家は、塩問屋であったな」

「はい。祖父の代からやっております」

「大きく商いをしているのであろうな」

供を連れて、鹿島神宮などの東国三社を巡ってきた。身なりもいいので、正紀はそう解釈したのである。

「いやいや、それほどではありません。ただ塩は暮らしに欠かせないものでございますので、江戸の方々のために、多少は役に立っていると思っております」

長兵衛は、控えめなことを口にした。

江戸を発ったとき、小名木川をへて中川船番所のところから新川に入った。この川は行徳の塩船を通らせるために開削されたので、行徳川と呼ばれていた。それを思い出した正紀は、尋ねてみた。

「行徳から江戸へは、どれほどの塩が運ばれているのか」

塩問屋の元主人と話をする機会など、めったにないだろうからだ。

「五千石ほどでございます。西国からの下り塩もありますが、それは高値の上に、海が荒れて輸送がままならぬこともありますからな。吉宗《よしむね》様が行徳塩にはお心を砕いてくださり、塩田も増えてまいりました」

「では桜井屋でも、自前の船で塩を江戸へ運んでいるのか」

「はい。明日は、店から江戸へ向かう船が出ます。どうぞ皆さま、その船に乗ってくださいませ」

礼のつもりなのだろう。長兵衛はそう言った。

歩いていると、誰かがつけてきているような気がした。それで草鞋を直すふりをしながら、背後に目をやる。青山も尾行者の気配が気になっていたらしく、正紀にならってそっと背後をうかがった。ただそれらしい者の姿は見当たらない。

「破落戸どもか」

「あの嵐の折に堤から逃げた、下妻藩の侍やもしれませぬ」

どちらもありそうで警戒したが、襲ってくる気配はなかった。長兵衛の足に合わせた歩みである。馬上で過ごす咲にも休憩を与えなくてはならない。

その夜は、釜ヶ谷宿で宿をとった。この宿場は鄙びている。旅籠は小さなものが一軒あるだけだった。

行徳まで、三里八丁（約十三キロ）の道のりである。

翌朝も、夜明けとともに宿を出た。咲の捻挫は治っていないので、今日も馬に乗せた。

蹄《ひづめ》の音と共に、一行は行徳へ向かう。

「今日は、つけてくる者の気配がありませんね」

何度か振り返りながら、青山が言った。それは正紀も感じていたことだった。

「あきらめたのならいいのですが」

と植村は口にしたが、それはないだろうと皆は思っている。油断はしていなかった。

彼方に、連なる家々が見えてきた。大きな建物がいくつもあって、木颪などよりも大きな町だった。人の姿も多い。

「これは桜井屋さん。お帰りなさいまし」

通りすがりに挨拶をするお店者もいた。店の者も、わざわざ表に出てきて頭を下げている。長兵衛は旦那衆の一人として、この町では知られた者らしかった。

四

桜井屋の建物は間口が六間あって、屋根の高い重厚な造りだった。店先には荷造りを済ませた塩が積んである。店の前には、江戸川の流れが広がっていた。利根川に劣らず、流れは急だった。それでも、荷を積んだ弁才船が航行している。

「あそこが新川でございますよ」

長兵衛が対岸を指差した。行徳川とも呼ばれる川の河口だった。

往路、あの川から行徳河岸へ入った。その折の光景が、蘇ってくる。

「お帰りなさいませ」

長兵衛に気付いて、店先にいた手代が声を上げた。甲高《かんだか》い声に、他の手代や小僧が顔を向けた。店の奥にいた中年の番頭が、駆け寄ってきた。

「ご無事で何よりでございます。お帰りをお待ちしておりました」

と頭を下げた。

「こちらは、江戸のお旗本のご子息で、正紀様とおっしゃる。道中、いろいろとお世話になってな」

長兵衛は、そう言って正紀ら三人を紹介した。

「それはそれは、ありがたいことでございます」

事情は伝えられないが、番頭は丁寧に頭を下げた。そして店に入るようにと促した。

正紀らは、奥の部屋へ通された。茶菓が運ばれてくる。三十代の主人も、挨拶に現れた。

「いったい、どちら様の御家で」

倅は、長左衛門《ちょうざえもん》と名乗り、正紀の素性を尋ねてきた。ここまでは隠していたが、長兵衛の人柄を考えると、伝えてもいい気がした。

「おれは、高岡藩井上家に婿に入る者だ」

「さようでございましたか。以後、お見知りおきを願います」

長兵衛と長左衛門の父子は、そう言って頭を下げた。

「江戸行きの船は、あと一刻ほどでここを出ます。どうぞそれまで、ごゆっくりお過ごしくださいませ」

ここで道中どういうことがあったか、長兵衛が話して聞かせた。

船は昼前には行徳を出る。遅くとも夕方には、江戸へ着くはずだった。

「そうか、まだ一刻もあるわけだな。ならば行徳の河岸場を、見ておこうではないか」

江戸へ戻れば、いつ来られるか分からないので思い立った。正紀にしてみれば、どんなことでも体験しておきたかった。

「そうですな。ぜひそうしましょう」

植村も在府の家臣だから、江戸を出ることはなかった。高岡家へ移ることになっているから、国許へ行く道中になる行徳には関心があるらしかった。

青山を交えて、三人で桜井屋を出た。表通りを歩いて行く。桜井屋だけでなく、塩商いの店はいくつもあった。また江戸川と新川を繋ぐ場所でもあるので、船着場を備えた船問屋もあった。江戸の本店《ほんだな》の出店《でだな》らしい建物も見かけた。

人の往来は少なくない。茶店や、船頭相手に昼間から酒を飲ませる店もあった。木颪街道の宿場でもある。問屋場には、駕籠も馬もあった。

ただ表通りから横道に入ると、急に鄙びた気配になった。人の姿も見かけなくなる。このあたりが、江戸と違うところだった。

表通りに戻ろうとしたところで、目の前を四人の浪人者ふうが塞いだ。にやにやした顔で、こちらを見ている。その脇には、棍棒《こんぼう》を手にした破落戸ふうも四人いた。

「通してもらおう」

青山が、怒りを抑えた声で言った。

「嫌だと言ったら、どうする」

一番年嵩の者が、冷ややかな眼差しで応じた。腰の刀に、左手を添えていた。四人の中には、この時点で鯉口《こいぐち》を切った者もあった。

血なまぐさいことはしたくない。正紀は、後ろを振り向いた。逃げる手段を探ったのだが、深編笠を被った二人の侍が、道を塞いでいた。この二人の身なりは、浪人者ではない。主持ちの侍だった。

「なるほど」

正紀は状況を察した。背後の二人は、利根川の堤で逃げた下妻藩の二人だ。行徳へ先回りして、あぶれ者の浪人や破落戸を雇ったのである。襲撃の機会を、狙っていたのに違いない。

植村や青山も、後ろを振り返って、状況を察したらしかった。

相手は刀で決着をつけようとしている。ならば容赦をする必要はなかった。

ただ相手は、破落戸も合せると十人いる。これまでよりも、手こずることになりそうだった。

「狼藉者、狼藉者だぞ」

ここで青山は、大声を上げた。近所の者たちに気付かせるためにである。住人が助勢をするとは考えられないが、宿役人《しゅくやくにん》に知らせることはあると考えた。十対三ならば、どちらが悪党かは誰の目にも分かる。

侍たちは刀を抜いた。破落戸どもは、棍棒を振り上げている。こちらの三人も刀を抜いた。

「このやろ」

まず棍棒を振り上げて、同時に二人の破落戸が植村に躍りかかった。植村はまず、先に出た男の腕を摑んだ。捩じり上げて足をかけると、破落戸は転んだ。その腹を蹴ると、肋骨の折れる鈍い音がした。そして同時に、もう一人の男の顔面に、刀の柄の先をぶつけている。

「ぎゃあっ」

悲鳴が上がった。鼻から鮮血が吹き出している。

ただ正紀は、その様を最後まで見ていなかった。背後にいる侍に、斬りかかっていたからだ。

「しぶとい悪党めっ」

容赦はしていない。渾身の気合を入れて、打ち込んだ。体の動きにも、無駄がなかった。だが相手にも、気迫があった。

寸刻の後には、刀と刀がぶつかり合っていた。相手は強い力で押してくる。正紀は腰を入れて、押し返した。

がりがりと刀身が擦れ、肩と肩が当たってすれ違った。やっとのことで押し返したから、体の均衡が取れていなかった。

それを見越したかのように、もう一人の侍が襲いかかってきた。一撃は、こちらの心の臓を目がけている。

「なんの」

正紀は軸足に力を込めた。体を斜めにして、鋭い一撃を凌ぐ。突き出された刀身を撥ね上げた。その二の腕を手にある刀を回転させて突いた。

小さな手応えがあった。こちらの切っ先が肉をえぐっている。

「わあっ」

相手の刀が、宙に飛んだ。

だがこの事態を、もう一人の侍が放っておきはしなかった。正紀の小手を目がけて突きを放ってきた。

すると体が、すっと動いた。回り込んで、こちらの切っ先が逆に相手の小手を目指して突いていた。

だが相手はしたたかだった。体を引いて、かわしている。

ちょうどそのとき、背後に絶叫が聞こえた。どさりと体が地べたに倒れる気配があった。

「ああっ」

男たちの叫び声が上がっている。そしてばたばたと、逃げ出してゆく足音が聞こえた。浪人者の誰かが斬られて、他の者たちは怯んだのだ。しょせんは烏合《うごう》の衆だった。

すると正紀の相手に、動揺が現れた。五分と五分の対戦だったが、急に身を引いたのである。

気が付くと植村と青山が、助勢に入ろうとしていた。

「引けっ」

正紀の相手をしていた深編笠の男は、声を上げると走り出した。二の腕を突かれた侍も、これを追おうとしている。だがこの侍の足に、植村が破落戸が残していった棍棒を拾って投げつけた。

棍棒は足に引っかかって、侍が地べたに転がった。正紀と植村がこれに躍りかかって、体を押さえつけた。

被っていた深編笠を、ここで剝ぎ取った。

「おお、これは」

傍にいた青山が、声を上げた。と同時に、そのまま地べたへ体が崩れ落ちた。

「どうした」

見ると青山の太腿は、ざっくりと斬り裂かれていた。浪人者の一人を打ち倒していたが、こちらも手傷を負っていたのである。袴が血に濡れていた。

そこへ町の者たちが現れた。

「医者だ、医者のところへ連れていけ」

正紀は叫んだ。

しかし青山は、気丈だった。戸板が運ばれる間に、捕えた侍の顔を見定めていた。

「こやつは、下妻藩の家臣でございます」

「そ、そうか」

これは衝撃だった。襲撃者として捕らえた男が、下妻藩の藩士ならば動かぬ悪事の証拠になる。

「よし。こやつを江戸へ引っ立てよう」

侍の名は分からない。しかし下妻藩士であることがはっきりしていれば、それで充分だった。猿轡《さるぐつわ》を嵌めた上で、縛り上げた。もちろんこの侍にも、手当ては施す。

ともあれ二人を、戸板に乗せて医者の家まで運んだ。

襲撃した侍の傷は、止血することで対処した。しかし青山の方は、ざっくりと裁《た》ち割られていて、縫わなくてはならない状態だった。

「どうしましょう」

植村が言った。桜井屋の江戸へ向かう塩船が、行徳を発つ刻限になっているはずだった。

「ど、どうぞ、行ってください」

青山は言ったが、これを置いてゆく気持ちはなかった。

「しかしな」

青山一人を、この場に置いて行く気持ちにはなれない。そこへ、話を聞いた長兵衛が駆けつけてきた。

「では正紀様は、明日の昼過ぎの船に乗られてはいかがでしょう。桜井屋の船ではありませんが、賊を連れても、乗れるように手筈を調えます」

「うむ。ならばそうしよう」

いずれにしても、この状況は早急に江戸に知らせなくてはならないと考えた。

「その方は、今日の塩船に乗れ。この詳細を、佐名木に伝えるのだ」

正紀は植村に、そう命じた。

下妻藩の藩士を捕えたことは、大きい。江戸家老園田次五郎兵衛の悪事を、明らかにできる。しかし正紀は、この件を大ごとにはしたくなかった。

公になれば、幕府から藩の不始末として、下妻藩は厳しい処罰を受ける。一万石の御家が減封となれば、大名ではいられない。浜松藩を本家とする井上家一門にしてみれば、大きな痛手だ。

高岡藩に婿入りする身にしてみれば、自分の命を狙われたことではあっても、それは望まない。

分家同士の下妻藩と高岡藩、あるいは浜松藩が絡む程度で内密裡に処理してほしいという願いがあるからだ。その後始末を適切にできるのは、佐名木しかいないと正紀は考えている。

五

「では、先に参ります」

植村は単身で桜井屋の塩船に乗り込んだ。塩だけを運ぶ船である。

旅を共にしてきた青山の怪我の具合が気になるが、ここは仕方のないところだった。傷は大きいが、命に別状はないという医者の診立てを聞けたのは幸いだった。

正紀や長兵衛が見送ってくれた。塩を積んだ船が、すっと船着場を離れた。相変わらず流れは激しい。船は江戸川から新川の流れに進んだ。

この川も、水嵩が増している。しかし利根川や江戸川ほどの激しさはなかった。大きく揺れることもないままに、中川の船番所を過ぎて小名木川に入った。

深川の運河には、無数の荷船が航行している。河岸に並ぶ商家は、途切れることなく大川《おおかわ》に出るまで続いた。そして西河岸の家並みの向こうに、千代田のお城の櫓が見えた。

「おお、江戸だ」

大川を越えた船は日本橋川に入って、小網町三丁目の行徳河岸へ滑り込んだ。ここでは塩船だけでなく、米や酒樽、味噌樽、薪炭《しんたん》など様々な荷を積んだ船が立ち寄り、また通り過ぎて行った。

停まった船から、植村は飛び降りた。気持ちが焦っている。下谷広小路の高岡藩上屋敷へ急がなくてはならなかった。

河岸の道には、大勢の人や荷車が行き来している。これを避けながら歩き始めたところで、名を呼ばれた。

「いったい、何を慌てているのか」

声掛けをしてきたのは、高積見廻り与力の山野辺だった。植村の旅姿にも驚いているらしい。

「正紀様と、常陸と下総へ行ってきたところだ」

時が惜しいので、歩きながら話をした。山野辺はそれに付き合った。

公にはできない話だ。山野辺は幕臣だが、正紀のためならば軽々しく口外する者ではないと植村は信じていた。

「なるほど。それはたいへんだった」

一つ一つ頷きながら、山野辺は話を聞いた。杭を探していたところまでは知っていたが、江戸を出たことは知らなかった。慣れぬ役務めで、日々夢中で過ごしていたと言い足した。

江戸にも風雨があって、積まれた荷が崩れて怪我人が出る事故もあったそうな。

「それにしても下妻藩のやり口は酷い。しかも執拗だ」

「まったくだ」

植村も、腹を立てている。だから少しでも早く、佐名木に伝えたいのだ。

「だが逃げた侍や悪家老は、このままでは済まさないだろう。藩士を捕えられたとなれば、言い訳は利かないからな。江戸へ着くまでに、取り返そうとするのではないか」

「なるほど」

言われてみれば、もっともな話だ。

「よし。おれも助勢をするぞ。出来ることがあったら、言ってくれ」

山野辺はそう告げた。その心持ちは、嬉しかった。

「では」

別れた植村は、高岡藩邸へ駆け込んだ。

とはいっても、大騒ぎはしていない。屋敷内には、園田に通じている者がいるのは分かっている。目立たぬように、佐名木と面談をした。

場所は、庭に面した中奥の茶室である。茶を点てるのでなければ、人は近づかない。

佐名木は、植村だけが帰ってきたことに驚いたらしかった。堤普請が無事に済んだとは知らされているが、以後については知りようもない。

固唾を呑んで、植村の報告を聞いた。

「下妻藩士を捕えたのは、何よりだ。生き証人だからな」

聞き終えた佐名木は、まずそう言った。しかし安堵している顔ではなかった。

「逃げた侍は江戸へ戻り、園田らに知らせたと思われます」

「うむ。やつら、何が何でもその侍を奪い返そうとするであろう。我が身の破滅に繋がるからな。もちろんその折には、正紀様の命も狙うのではなかろうか」

慎重な顔で応じた。

「そのようなことは、させませぬ」

「無論だ。そこでどうするかだ。まずは園田の動きを探ろうではないか」

正紀だけでなく、下妻藩の侍も青山も、行徳の桜井屋にいる。店には二十人からの奉公人がいて、周囲には商家もある。たとえ夜陰に乗じても、そこを襲うことは考えられない。

一人でも捕えられれば、商家を襲撃した張本人になる。それは園田らにすれば、避けたいところだ。

そこでいきなり、茶室の躙《にじ》り口を外から開けた者があった。佐名木と植村は、驚いて目をやった。現れたのは、京だった。表情が厳しい。

「正紀様のお身の上に、変事が起こるやもしれませぬ」

声を落とし、しかしきりりとした眼差しでそう言った。

植村は、なぜ京がそのことを知っているのかと仰天している。しかし声を出さないうちに、京は続けた。

「正広どのより、私のもとへ、言伝《ことづて》がありました。藩邸内で見聞きした、重大事があるようです」

それを、園田らに気づかれぬように、侍女を使って京へ知らせてきたのである。京は、正紀の命が狙われていることを踏まえて、ここに現れたのだ。

「ほう」

佐名木が声を上げた。

「八つ小路の神田《かんだ》川寄りに、若葉《わかば》という茶店があるそうでございます。すぐにも、そこへお越しくださるようにとのお言付けです」

「なるほど」

京の言葉に、佐名木は大きく頷いた。正広は下妻藩上屋敷にいて、園田らの異変に気が付いたのだ。しかしそれを直接に高岡藩邸へ出向いて佐名木に伝えては、園田一味に気付かれる。そこで日頃親しくしている京を通して、伝えてきたのだ。

「分かりました。さっそく参りましょう」

佐名木は腰を浮かした。植村も、それに従っている。

そのとき京が、凜《りん》とした声で言った。

「正紀様は堤の普請に関わることで、土地の田を守られた。その正紀様のお命を、当家は守らなくてはなりますまい」

何事もなく江戸へ帰ってきてほしい、という京の願いだと植村は察した。

「ははっ」

佐名木と植村は、裏門から屋敷を出た。八つ小路へ向かった。いつものように人で賑わっている。しばらく前に、ここで山野辺を含めた三人で賭け相撲に参加したことを思い出した。

あのときと、三人の暮らしぶりはまったく変わっている。

若葉という茶店はすぐに分かった。葦簀《よしず》の床店ではなく、居着きの店だった。店先には毛氈《もうせん》を敷いた縁台が置かれていたが、奥には人目を気にせず茶を飲める六畳の部屋もあった。

正広はそこで、佐名木の到着を待っていた。

大名家の若殿が待ち合わせるような部屋とは思われない粗末さだが、他には思い当たらなかったのかもしれない。

「お言伝、ありがたく存じます」

まずは佐名木が頭を下げ、植村を正広に紹介した。

そこでまず、阿久津河岸へ赴いたときからの詳細を、植村は正広に伝えた。自分の思いはできるだけ外して、事実だけを話すように努めた。

正広は、瞬きもしないでそれを聞いた。

「そこまでして、園田らは正紀殿を退けたいのか」

すべてを聞き終えてから、正広はそう言ってしばし絶句した。そして一息ついてから、やっと言葉を続けた。

「本日、一刻ほど前に、江戸を出ていた瀬川數馬が慌てた様子で屋敷へ戻った。それがしはあの者と、廊下ですれ違った」

瀬川他二名の侍が、正紀の堤普請を妨害するために江戸を出たのは、佐名木から聞いていた。そこで隣室へ忍び込んで、園田とのやり取りに耳を澄ませた。

「あの者らは、声を落として話しておった。だから詳細を聞き取ることはできなかった。しかしな、言葉の切れ切れは耳にすることができた」

「……………」

佐名木と植村は、固唾を呑んで耳を傾けている。

「正紀、青山という言葉はあった。捕えられたのは、外岡《とのおか》という当家の者だ。外岡を、江戸へ入れてはならぬ、という話であった」

「どこで狙うのであろうか。行徳か、船中か、江戸へ着いてからでござるか」

ここが何よりも肝心なところだった。

「行徳河岸、という言葉が聞こえた。それ以上は、どうにもならなかった」

無念そうに、正広は告げた。

「行徳からの塩船が、江戸に着岸する場所ですな。船の到着は夕暮れどきになる。薄暗くなるゆえ、都合がよいと考えたのでござろうか」

佐名木は言った。

「あやつらは、船中で襲ってきて、しくじっております。着いたところを狙おうというのかもしれません。江戸ならば、土地勘があります」

植村の言葉に、佐名木と正広は頷いた。

「よし、ならば口の堅い腕自慢の者を集めよう。行徳河岸には船宿が多いからな、そこへ潜めさせよう」

「はっ。町奉行の穿鑿《せんさく》が入らぬように、山野辺殿にも力を貸していただきます」

三人で、手筈の打ち合わせをした。

「園田の企みは許せぬが、下妻藩を窮地に追い込むことはできぬ。藩を守るために、力を尽くしたい」

「正広様のご心情、承りましてございます」

佐名木が応じた。

六

下総行徳の朝は早い。江戸川を行き来する輸送の船も通るが、それだけではない。漁船も出る。海苔《のり》の養殖があり、貝漁が盛んだ。バカ貝とも呼ばれる青柳《あおやぎ》は、江戸では寿司のねたとして食べられている。

目覚めた正紀は、青山が病室にしている部屋へ入った。桜井屋の二階で、障子戸を開けると、江戸川が見晴らせる。

「どうだ、少しは痛みが薄れたか」

刀傷が一日で治らないことは分かっている。血が止まって、痛みが少しでも和らげばいいと考えていた。

「すっかり良くなっております。正紀様には、すぐにも江戸へお戻りいただきたく存じます」

己の傷のために、正紀を足止めさせている。青山はそのことに恐縮していた。

医者には、今日も来てもらった。

「血は止まっております。無理をしなければ、徐々に良くなりましょう」

慈姑《くわい》頭の中年の医者はそう言った。捕えた下妻藩の侍についても、傷の具合を診た。

「悪くなってはおりませぬ。船ならば、これから江戸へ行くことも支障はないでしょう」

侍は、不貞腐《ふてくさ》れたように俯いている。水を飲ませ、握り飯だけは食べさせた。

「青山様については、私どもで、精いっぱいのお世話をさせていただきます」

長兵衛と咲はそう言ってくれた。

「ならば昼過ぎの塩船で、こちらを発つことにしよう」

と腹を決めた。これは植村を通して、佐名木に伝えられているはずだった。

「船中で、何かあるやもしれません。そこでこの地にある剣術道場のご門弟二人に、警護についていただきます」

長兵衛は、さらなる気遣いをしてくれた。

「かたじけない」

これで、行徳を出る用意ができた。空は曇り。まだ降ってくる気配はないが、いつぽつりとあってても不思議ではない天候だった。

「お気をつけて」

長兵衛と咲、店の者が船着場まで見送りに来た。下妻藩士は、後ろ手に縛ってある。剣術道場から来た若い門弟二人が、縄尻を取って船に乗り込んだ。

船は船着場を離れて、新川の流れに入った。ひたすら西へ向かって船は進む。中川船番所を過ぎて、小名木川を進む。途中で、園田の配下が襲ってくるのではないかと思うから、通り過ぎる船には目を凝らした。用心棒代わりの門弟にしても、周囲に現れた船には気をつかっていた。

そしてぽつぽつと、雨粒が落ちてきた。夕暮れどきのような、暗さになった。船頭は慌てて、荷に苫《とま》をかけた。そしてさして間を置かないうちに、ざっと降り出した。止む気配はない。雨でけぶって、土手のあたりが見えにくくなっている。前後も見えにくい。

襲うならば好都合な状況だと考えた。

だから緊張した。しかしざっと降った雨は、小名木川から大川に出る頃には、勢いが収まってきていた。

右手に新大橋《しんおおはし》が見える。塩船はそちらには向かわず、下流に向かう。だが川を下るわけではなかった。船首を向けたのは、箱崎《はこざき》川だった。

両岸は武家屋敷で、船はその間に入ってゆく。速度がやや落ちた。彼方に永久《えいきゅう》橋の姿が見えてきた。

ほっとしたのは、間違いない。橋を潜って少し行けば、そこが目的地の小網町三丁目行徳河岸である。江戸の町に着いてしまえば、簡単には襲えない。

「ああ、旅は終わったな」

そう正紀が呟いたときである。永久橋にもう少しで入るというところで、両河岸からそれぞれぬっと、船がせり出してきた。二艘はこちらの塩船の行く手を、塞ぐ形になった。

他に船はなかった。

塩船の船頭は、船の勢いを止めきれなかった。がしとこちらの船首がぶつかって、船は止まった。塞いだ船には、三、四人ずつ蓑笠をつけた侍が乗っていた。

その侍たちが、腰の刀を抜いて、こちらへ乗り込もうとしていた。みな頭巾を被っている。

「おのれっ」

やはり園田らは、あきらめていなかった。数を増やして、襲ってきたのである。門弟二人と正紀は、腰の刀を抜いた。

やつらは、おれの命を狙うだけではない。捕えていた藩士も奪い取るか、場合によっては殺すかも知れない。

ならば、捕えた藩士からは離れられない。

「たあっ」

乗り込んできた最初の侍に、こちらの門弟が打ちかかった。さすがに気合の入った一撃だった。けれども相手も、反撃は覚悟の上で踏み込んできている。

振り下ろされた刀身を撥ね上げ、さらに相手に向かって振り下ろした。首筋を狙っている。

門弟の方は、体を捻ってかわした。ただ船上なので、大きく体を動かすことはできない。やっとのところだった。

相手の侍たちは、これを避けて船上へ移ってきている。案の定、次に乗り込んできた侍は、捕えた下妻藩士の居場所を目で追った。

正紀はその侍に躍りかかった。

人数では、相手の方がはるかに勝っている。ただ狭い船中で、一度に複数が攻めかかってくることはできない。それは幸いだった。

「とうっ」

殺す気はない。正紀は刀を峰にして、相手の肩に打ち込んだ。足固めを充分にした上のことなので、素早い刀身の動きができた。

「わっ」

声が上がった。鎖骨が折れたのは、感触で分かった。侍は、ざんぶと水に落ちた。

だがその後ろにも、乗り込んできた侍がいた。さらに正紀の後ろにも、積まれた荷を巡って抜刀した侍が現れた。

挟み込まれた形で、身動きができない。水に飛び込めば自分の命だけは助かるかもしれないが、二人の門弟と捕えた下妻藩士を置いてゆくことになる。それはできなかった。

「やっ」

まずは目の前にいる侍の喉首を狙って、一撃を入れた。だが深追いはしない。振り返ると、背後にいた侍は、刀を突き出してきたところだった。払い上げようとするが、向こうの動きの方が早かった。

身をよじって最初の突きはかわしたが、二の太刀は避け切れないと察した。だがこのとき、何かが飛んできた。相手の刀が宙に飛んでいる。

見ると、相手の二の腕に、小柄《こづか》が刺さっている。

「正紀、助勢に来たぞ」

叫んだ者がいた。永久橋の下から、敵の船に乗り移ってきた山野辺蔵之助だった。

その後ろには、植村の姿も見えた。いやそれだけではない。反対側の土手にも、侍の姿が見えた。彼らは、襲ってきた下妻藩の侍と戦っている。

「おおっ。かたじけない」

こうなると、人数の面ではこちらが凌駕《りょうが》した。正紀の船にも、味方が乗り込んできた。

そのとき、迫っていた敵の侍の一人が、土手に飛び移ったのが見えた。そこから助勢に来る侍を、討とうという腹らしい。頭巾をしているから断定はできないが、小浮村の土手で対峙した侍と体つきが似ていた。

「あやつだ」

と正紀は確信した。ここまでくれば、船を離れても支障はない。敵が寄せてきた船に飛び移り、そして土手に出た。

例の侍は、なかなかの腕達者だ。味方の藩士が対峙していたが、攻め切れない。しかもすでに、肘近くに手傷を受けていた。

正紀はその侍の前に、踏み込んだ。

「その方、阿久津河岸や高岡の堤に現れた者だな」

責める口調で告げると、侍は憎しみの目を向けてきた。

正紀は、正眼に構える。刀身を峰にはしなかった。出来る限り捕えたいが、それができるかどうかは分からない。斬り倒すつもりでかからなければ、対等には戦えない相手だと分かっている。

じりと前に出た。決着を急がない。ただいつまでも向かい合っていると、威圧感を覚える相手だった。

「行くぞっ」

正紀は気合を込めて、地を蹴った。相手の胸元を突く勢いで、切っ先を前に出した。先の先を狙った動きだ。

だが相手は慌てない。これを下へ払い落すと、そのままの流れでこちらの二の腕を突いてきた。

だが正紀は、それよりも寸刻早く刀身を振り上げていた。相手の腰を目指している。敵はこれを嫌がった。身をそらすと、向こうの切っ先もずれて行った。

そこを休まず、さらに正紀は刀身を前に押し出した。だがこれは、撥ね上げられた。その刀が、正紀の小手を突いてきた。

無闇には攻められない。避けた刀が、次の瞬間には攻撃に変わっていた。それも思いがけない角度からやってくる。

腕を引いたが、間に合わないと感じた。切っ先が行き過ぎたが、痛みはない。袖口を斬られただけだった。だが相手の剣の動きは、それでは止まらない。じりじりと後ろへ下がらざるを得なかった。

だがここへ、若い侍が駆け寄ってきた。誰かと見ると、井上正広だった。抜身の刀を握っている。その切っ先を、正紀が対峙していた侍に向けた。

「その方は、瀬川だな」

正広は断じた。頭巾をしていても、正広には分かるのかもしれなかった。

相手はその一言で、明らかに怯んだ。打ちかかることができない。正紀はその隙を逃さず、瀬川と呼ばれた男に打ちかかった。刀を峰にして、肩先を狙ったのである。

「ううっ」

刀身は二の腕に当たった。渾身の力を込めていた。骨が折れたのが分かった。

瀬川は刀を取り落とした。片膝をついたところで、正広は躍りかかった。押さえつけたところで、頭巾を剝ぎ取った。

まさしく、下妻藩士瀬川數馬だった。

ここへさらに何人かの侍が駆け寄ってきた。その中に、佐名木の姿もあった。

「この者に、縄をかけよ。そして船に乗せろ」

配下の者に、佐名木は命じた。

川面に目をやると、襲ってきた侍たちはすでに捕えられていた。山野辺や植村が、縄をかけている。

「お陰で助かったぞ」

園田一派の襲撃を予想した佐名木らは、行徳河岸を見張っていた。しかし瀬川らは、その手前永久橋の下で、待ち伏せしていた。そのために、助勢が遅れたのである。

「しかし間に合ってよかった」

すべての指揮を執ったのが佐名木だった。

「うむ。これで園田らの企みは、潰《つい》えたぞ」

正紀は頷いた。

捕えた者たちは、高岡藩上屋敷には運ばないことにした。捕縛した侍を多数連れて歩けば、江戸中の評判になってしまう。それでは内々に事を済ませられなくなる。

「亀戸《かめいど》の下屋敷へ運べ」

佐名木は命じた。塩船とは別に用意しておいた船に、瀬川ら下妻藩士と、高岡藩士が乗り込んだ。佐名木や正紀、植村も乗船した。

雨はいつしか止んでいた。

「このあたりのことは、おれが何とかしよう。無法者の争いがあり、逃げ出したという形にしようではないか」

山野辺が言った。すでに塩船の船頭には、下総行徳の長兵衛から何があっても口外しないという約束のもとに高額の駄賃が与えられている。

雨上がりの川面を、一同を乗せた船は大川を横切った。横十間《よこじっけん》川の東にある高岡藩下屋敷へ向かったのである。

「袖口を斬られていますね」

船中で、植村が言った。

「おお、そうであった」

瀬川に斬られたことを思い出した。あのときはやられたと思ったが、袖をやられただけで済んだのである。そこに手をやると、袂の部分に指先が触れた。硬いものが入っている。

何だと取り出すと、それは京がくれた守り袋だった。

七

翌々日、今尾藩上屋敷にいる正紀のもとへ、高岡藩の正国から呼び出しがあった。正国の御座の間には、佐名木の姿もあった。

瀬川や共に襲ってきた侍を六人捕えた。その中には、斬り合いで重傷を負った者もいた。またその場から逃げ出した者もいた。行徳で捕えたのは、園田に近い下妻藩士の外岡だった。

捕えた六人の中には、銭で雇われた浪人者も交じっていた。吟味の場には正広がいたので、藩の者は名を隠すことができなかった。

瀬川と外岡は、当初園田に命じられたことを否認したが、他の下級藩士が口を割ると、白状をしないわけにはいかなくなった。正紀を襲った点については、言い逃れができない。

阿久津河岸で杭を奪い取ろうとしたのも、瀬川と外岡の仕業だった。

その上で、下妻藩は江戸家老園田次五郎兵衛の吟味をおこなった。これには高岡藩から、佐名木が加わっている。

　藩主正棠が、どこまでこの一件に関与をしていたかは分からないが、園田は自分が首謀者であったと認めた。正紀が井上家に婿入りすることを阻止する目的であったと供述している。

「殿には、一切関わりのない話でござる」

　園田は、正棠の関与を認めなかった。一存で配下を使ったという形になった。

　正紀は、船上だけで襲われたわけではない。高岡領内でも襲撃を受けた。その折には高岡藩国家老園田頼母の手助けを受けたはずだが、これは証明できなかった。次五郎兵衛も頼母も、そして瀬川や外岡も否認した。

　次五郎兵衛は切腹と決まったが、園田家は取り潰しにならなかった。減封になっただけである。それは私腹を肥やすためではなく、井上家の者に高岡藩を継がせたかったという、一方的な考えではあるが藩を思う気持ちも根にあったことを、正棠他重臣が評価したからに他ならない。

　正国にしても佐名木にしても、事を大きくしたいわけではなかった。幕閣に知られず、井上一門の中で処理ができれば、それでよいと考えていたのである。

　瀬川と外岡も切腹だが、家は潰さず減封とした。江戸で襲撃に加わった者も同様だ。

ただ園田頼母には、関与した証拠はない。そのまま国家老として、藩政に関わる。

「正広だがな、正式に正棠殿の後継ぎとしてお上へ届が出されるようだ」

正国が言った。佐名木もどこかほっとした気配で頷いている。

「父子の不仲は変わらぬようだが、此度の不正の鎮圧には正広も一役買っている。認めぬわけにもいかぬということだろう」

「それは、何より」

正紀は、正広のために喜んだ。身の振り方が、定まったのである。下妻藩を思う気持ちは、心の奥に根付いている。だからこそ、園田の悪企みを許せなかったのだ。

「そこでだ。祝言の日取りはともかく、その方の当家への婿入りについてだが、すでにお上に届け出を済ませておいた」

日付は遡《さかのぼ》って八月九日だった。阿久津河岸にいた頃のことだ。しかし日付はどうでもいい。自分は正式に、井上家の者になったのである。

「ははっ」

その日をもって、竹腰正紀は井上正紀になった。その事実が、胸に沁みた。嬉しいばかりではない。緊張の方が大きかった。

国家老の園田頼母は、面従腹背の輩だ。藩の財政が厳しいことは、二千本の杭を手に入れる中で骨身に染みていた。気楽な殿様にはなれない。

正国との話が済んで、正紀と佐名木は御座の間を退出した。庭には、秋のやわらかな日差しが樹木を照らしている。暑くも寒くもない。風は爽やかだ。

佐名木が立ち止まって、正紀の顔を見た。いつもより幼げな、いたずらっ子のような目をしている。

「いかがでしょう、これから稽古試合をしてみませぬか。都合のいい相手が、見えております る」

と誘ってきた。邸内には、剣術道場もある。

「そうだな」

稽古は欠かさず、戸賀崎道場で続けている。都合のいい相手というのが何者かは分からないが、一手手合わせするのも悪くないと思った。道場には、防具も竹刀《しない》も揃っているそうな。

二人で道場へ行くと、稽古着姿の若侍が、一人で素振りをしていた。

「おお」

これは驚きだ。相手は正広だった。

江戸城内の上覧試合では、惜敗した。収まり切れない気持ちが、胸の奥にある。けれどもたとえ竹刀であれ、再び得物を取って相まみえることはないのではないかと思っていた。

杭を手に入れ、自ら阿久津河岸や高岡へ足を向けた。そのことに対する、佐名木の自分への褒美《ほうび》なのではないかとも考えた。

「お手合わせいただけるのか」

「もちろんです」

おそるおそる問いかけると、正広はあっさりと応じた。

前髪の若侍が、稽古着と防具、それに竹刀を運んできた。正紀はそれを身に付けた。共に井上家分家の当主になる身である。ただ正紀の方が年上なので、上座に立つことにした。

審判は佐名木だ。

「始めっ」

と声を上げた。

相正眼である。鋭い正広の眼光が、こちらに向けられた。

「ううむ」

正紀は、わずかな違和感を覚えている。隙がないのはあの上覧試合のときと同じだが、切っ先にも、足元にも攻めようという気迫が満ちていた。稽古試合でも負けないぞと、眼差しが伝えている。あのときはそうではなかった。

もちろん少しでも隙ありと見れば攻めてくる。しかし何よりも強かったのは、守ろうという姿勢だった。それが消えていた。

「たあっ」

面を狙っての一撃が迫ってきた。伸び伸びとしている。力強い一撃だ。間合いの取り方も、見事なものだった。

あの試合から、正紀は日々稽古を積んできたが、正広も上覧試合の一番を良しとせず、研鑽《けんさん》を積んでいたことが分かった。

だが正紀も負けてはいない。ほぼ同時に前に出て、後の先を狙う。やや体をずらして相手の竹刀をしのぎ、突きを放つ。しかし正広は容易《たやす》くそれを外して、逆に小手を打ってきた。

受けから攻めの、転換の妙は舌を巻くほどだった。

正紀は、横に飛んで小手をかわした。

再び正眼で構え合う。今度は正紀が攻めた。相手の喉元を突く狙いだ。正広はこれを払い上げた。この動きは、始めから読み込んでいる。次の一撃が、本命だ。面を打つ動きだが、このとき正広の体が小さく縮んだような気がした。内懐に飛び込んでこようとしていた。

上覧試合のときと、同じ形になっている。あのとき正紀は、そのまま腕を伸ばして小手を打たれた。同じ轍は踏まない。

体を斜めにして、出てきた小手を打った。踏み込みの角度も変えている。すると直後、竹刀の先が、確かな手応えを伝えてきた。

「小手あり」

佐名木が声を上げた。

「いや、お見事でした。動きが読まれていましたね。面白い稽古試合でした」

面を取った後で、正広は言った。悔し気な顔ではあったが、清々とした様子にもうかがえた。これに正紀が応じた。

「いかにも、すっきりといたした」

勝ったからでもあるが、それだけではない。上覧試合の折に正広から感じた暗さが、すっかり影を潜めている。

嫡子と認められたことが、自信になったのだと正紀は察した。

「井上の分家を、互いに守っていこうではないか」

「まことに」

正紀の言葉に、正広は大きく頷いた。

「ささて、これで一息ですな。しかしお二人、これからはたいへんですぞ」

佐名木が、意味ありげな笑みを口元に浮かべて言った。

「何の」

負けるものかと、したたかな佐名木の顔を見ながら、正紀は思った。

着替えを済ませてから、正紀は庭に出た。秋の風に、当たるつもりだった。

そこへ京が姿を現した。

「お疲れさまでした。お茶を点てまするゆえ、お越しくだされ」

と茶室に誘ったのである。稽古試合を、どこかで見ていたらしかった。

「それはありがたい」

正紀は応じた。

旅の出立に当たってもらった守り袋と印籠の礼を、まだ口にしていなかった。その機会がなかったのである。

「今日こそ言わねば」

と、正紀は呟いた。

本作品は書き下ろしです。

双葉文庫

ち-01-29

おれは一万石《いちまんごく》

2017年 9月17日 第1刷発行
2018年 2月16日 第9刷発行

【著者】
千野隆司《ちのたかし》

【発行者】
稲垣潔

【発行所】
株式会社双葉社
〒162-8540 東京都新宿区東五軒町3番28号
［電話］03-5261-4818(営業) 03-5261-4840(編集)
www.futabasha.co.jp
（双葉社の書籍・コミックが買えます）

【印刷所】
大日本印刷株式会社

【製本所】
大日本印刷株式会社

【CTP】
株式会社ビーワークス

【表紙・扉絵】南伸坊
【フォーマット・デザイン】日下潤一
【フォーマットデジタル印字】恒和プロセス

ISBN978-4-575-66850-6 C0193
Printed in Japan

雇われ師範・豊之助　借金道場

千野隆司

北町奉行・永田備前守正直の三男・豊之助は師の命でボロ道場の立て直しをはかるのだったが……。待望の新シリーズ第一弾！

雇われ師範・豊之助　ぬか喜び

千野隆司

ボロ道場に十数名もの新弟子志願者が訪れた。豊之助が賊から救った越中屋の指図らしい。喜ぶ豊之助だったが、思わぬことに……。

雇われ師範・豊之助　瓢簞から駒

千野隆司

刺客に狙われる若侍を助けた豊之助。事情も聞かず、道場に居候させたのだが、凶刃は豊之助にまで迫る！　人気シリーズ第三弾！

雇われ師範・豊之助　家宝の鈍刀《なまくら》

千野隆司

遺体に残された凶器は、豊之助の弟弟子がつねに腰に差していた家宝の脇差だった。真の下手人を捜す豊之助だったが……。

雇われ師範・豊之助　泣き虫大将

千野隆司

多大な被害を招いた神田上水決壊は人災か天災か⁉　普請奉行に頼まれ探索をはじめた豊之助は、驚くべき真相へ行きついた！

雇われ師範・豊之助　鬼婆の魂胆

千野隆司

居候の父子が狙う仇はどうやら江戸を騒がす火付け盗賊団の頭⁉　豊之助と北山は密かに探索を続けていた。大団円のシリーズ最終巻‼